超 老人の壁

養老孟司　南 伸坊
YORO Takeshi　MINAMI Shinbo

毎日新聞出版

超老人の壁　目次

第二章　絵の東西

第一章 老いの距離感

化石と老人

南　先生お久しぶりです。今日はご自宅から？

養老　今日は家。昨日、一昨日は箱根、その前は豊橋から長野まで行って、虫捕って、標本いじっていました。

南　その間、何匹くらい？

養老　２００から３００、１日で。

南　そんなに捕って、後が……（笑）。

養老　捕るだけじゃなく、整理してないのは３０００ぐらいありますよ。これを整理しようとすれば、まるひと月かかります。

南　でも、やってるときは楽しいんですよね。

養老　もちろん（笑）。

南　1日何匹ぐらい処理できるんですか？

養老　100か、200じゃないですかね。同じ作業をしていると、3日目の夜にはバテてくるんですよ。肩が凝って目が見えなくなる。

南　僕はメガネが合ってないからなのかもしれないけど、しばらく掛けっぱなしでパソコンとかやってると、パッと取ったとき、「あれ、こんなに見えない」ってなりますね。

養老　南さん、近視でしたか？

南　いや、老眼で。あと半年で、70になるんですよ。

養老　ご苦労さま。なんて言ったらいいか、わからない（笑）。

南　まだ前期高齢者ですけどね（笑）。このまえ、先生の『養老孟司の人生論』（PHP研究所・2016）っていう新刊を読んだんですけど、あれ、先生がまだ、70になるかならないかの、ちょうどぴったり今の僕と同じぐらいにお書きになったものだったんですね。

養老　70になっていなかったんじゃないかな。

南　途中で、「あれッ、これ読んだことあるな」って思って。よくよく考えたら、10年ちょっと前の『運のつき』（マガジンハウス・２００４）っていう本でしたよね。タイトル変わってたんで。前の本の装丁、僕がやってたんです。

養老　そうでしたか。

南　すごく面白かったです。以前読んだときにわかってなかったとこが、なんかすっとわかった感じがあって。

養老　若い頃のことって、「なんであんなことに一生懸命になってたんだろう」って思いませんか？　若い頃ってディテールが多いんですよ。物事の一部が拡大されるから、その分、生きるのが大変なんですね。

年を取ればどうしたって、物事との距離が出来てきて、鈍くなります。鈍くなってくるから、忘れちゃう。今日も、今朝も、昨日も、一昨日も、「なんかあったなあ」とか。

南　あはは、でも先生はさっき、しっかり再現されてましたよ（笑）。

養老　年寄りは体力もないし、感情を動かすと疲れるでしょう？　記憶は感情と結びついてるんで、感情が動かなくなれば、忘れることも増えます。たんに「記憶力が落ちる」だけじゃないと思いますよ。関心がないことって、忘れるじゃないですか。

南　ですね。

養老　だから、うちの女房なんかしょっちゅう怒っています。「あのときは」とか言って。もう勘弁してくれって（笑）。話の中身はどうでもいいんだよ。怒ったことだけ、憶《おぼ》えている。そういう重みをつけておかないと、忘れちゃうんです。

南　何度も思い出したことは、よく憶えてますね。

養老　そういう意味では、言葉もそうなのかもしれないですね。毎日使っているからね。これ、使わなかったら忘れるんですかね。語彙《ごい》はどっちのほうが多かったんだろう。昔のほうが多かったのかしら。

南　うーん。どうかなあ。

養老　わかんないですよ、そういうことはね。自分が何歳からどんな言葉を話して、何歳にはこれだけの語彙があって、とか、克明に記録されていればわかるんだけど。でも人間の一生って、あんまり丁寧にチェックしてないんだから。こういうのを「コーホート研究」っていうんですよ。

南　コーホート？

養老　コーホート（cohort・群れ）。疫学の研究法の1つなんだけど、ある集団を一定期間、ずっと追跡するんです。これ、大変だよ。人間の場合、まず研究者のほうに寿命が来ちゃう（笑）。

うちの教室でね、100人の子どもを、生まれてから20歳、成人するまで身長・体重・座高・胸囲みたいな、普通に測るものをずっと追っかけた先生がいて、20年やったんだ。「20年やるの大変だった」って言ってました（笑）。小学生のときの自分の身長なんて憶えてます？

南　憶えてないですね。

養老　普通の人が知ることができるのは、小学生の「平均身長」とか、そういうやつなんですが、実際には個人差があるんで、誰も当てはまりっこないんですよ。

記憶なんかもそうでしょう？　みんなさ、「年を取ったら物忘れがひどくなる」とか言うけど、本当にひどくなっているのかなんて、わからないですよ。人生、きちんとチェックしてるわけじゃないんだから。

南　案外、昔からだったり（笑）。

養老　それで、20歳まで追跡するというのもね、相当時間もかかるし、時代がずれちゃうと、社会もずれるので「一般性」がつかみにくいんです。被験者があっちへ行ったりこっちへ行ったり、いなくなる可能性が高い。

南　その点、植物なんかは、同じとこに、ずっと生えてるから（笑）。

　こないだのあの明治神宮のＴＶ番組、面白かったですねえ。明治神宮ってなんにもない所にあの森つくっちゃった。それで境内の樹木が全部記録してあるんですね。ちゃんと記録が残ってるっていうのに、まずびっくりしました。同じこと、「人間」でやるのは確かに難しいでしょうね。それをやろうって考えるのって、やっぱり、学者とか、学問って、すごいなと。学問のすごみっていうか、時間のスケールがすごいです。

養老　それでね僕、すげえなと思うのは、学者の世界でね、シーラカンスの化石がカナダから出たことがある。発破をかけて、たまたま岩に入っていて、鼻先がちょっと欠けてたんだけど、とにかくシーラカンスが全部出た。それを、学者が2・5ミリか、0・5ミリか忘れたけど、グラインダーで削っていくんですよ。それで見えてきた断面を絵に描いて記録していく。

南　ああ、丁寧にスライスして。

養老　1匹のシーラカンスを、学者が、2代にわたって削っていったんです。無数の断面図をつなぎ合わせて、ようやく立体を復元した。本が出ましたよ。僕、持ってるけどね。

南　す・ご・い・ですね。

養老　そうしたらね、なんか生きたのが見つかっちまった（笑）。

南　わあー、そうでしたね（笑）。でも、そういうことやり続けられるってのは、つまり楽しいんでしょうね。

養老　もう、途中でやめられなくなったんでしょう。

ドングリ

南　僕の友達でね、学問じゃないんだけどとにかくいろいろ調べて記録するのが好きな人がいて、そのチャンとしてるとこは学者的なんですけど、調べることがぜんぜん、学問じゃない（笑）。

例えば、海外旅行に行って、1日、街を歩くと靴の底に石が挟まりますね。で、何年何月何日に挟まった、その石っていうのを全部、とにかくとっといて記録してるんです。

林丈二《はやしじょうじ》さんっていうんですけど、以前コドモの頃の日記見せてもらったら、ケムシの絵みたいなのが描いてあって「ケムシの毛は43本です」ってそばに書いてあるんですよ。なんで？　ずいぶんハンパじゃない。実際に毛取って調べたの？　って聞いたら、「そんなことしませんよ」って言うんです。

その43本ってのは、そこに自分が描いた絵の足を後で数えて書いたんだって（笑）。全然学問じゃない（笑）、でも、面白い。

で、その林さんが、「いつ死ぬかわからない」っていうことをいつも考えてて。1人で旅行なんかに行くと、奥さんに毎日、旅先から葉書を出す。「出先で死んだとしても、こういうことをしてた」ってことがわかるからって。それを、ずうっとやってる。

養老　死んで、何してたかって、女房がわかってどうすんだよ（笑）。

南　アハハ、そ〜んな（笑）。やっぱり旅行中に、飛行機の中でおならがよく出るなと思ったので、記録する。何時何分に出たっていうその時間と、その音を、「プスッ」とか、「ブー」とか記録してるんだけど、その調査結果が、「どうもフランスに近づくと、プ、リ、ボ、ンとかフランス語風な音になってる」って（笑）。

養老　「帰りは日本語に戻ってくる」ってことですね。

南　そうでしょうねえ（笑）。調べることに興味があって、調べたことが何かの役に立つとか、評価されるとかっていうことには、ぜんぜん興味がない。

養老　そこまでいくと、「役に立っちゃいけない」っていう、タブーがかかっている気がしますね。「まずい！　これは役に立つかもしれない」（笑）。

南　あはは（笑）。本人にとっては、調べざるを得なくなっちゃうらしい。まあ、楽しいっていうのもあるんでしょうけど。

中崎タツヤっていう漫画家の人がいて、とっても面白い漫画を描いていたのにやめちゃったんですけど、その人、不必要なものが見えてくると、どんどん捨てたくなるっていうんです。オートバイ見てて、オートバイには後輪のとこに「泥よけ」があるじゃないですか。あれが無駄な気がするって、取って捨てちゃう。雨の日に乗ったらものすごい目に遭っちゃうんですけどね（笑）。

無駄と思うと、どうしても捨てたい。最近、「2つでしか売ってくれないもの」とか、あるじゃないですか。大和糊とか必ず2つワンセットでしか売らないって。1個しかいらないんだから、もう1個は無駄なんです。で、その場で捨てる（笑）。

中が見えるボールペンありますね、透明の。書いてると、どんどん、インクが減っていくのが見える。この減ってったあとの芯の空の部分は、必要ない（笑）、丁寧にのこぎりで切って捨てるわけです（笑）。先生は「断捨離」とかどうですか？

養老　ぜんぜんしない。だって、虫、貯め込んでるもの（笑）。

南　あー、そうですね。

養老　何が「断」で、何が「捨」で、何が「離」だよ。

南　あはは。何が「断」で、何が「捨」（笑）。

養老　引っ付いてばっかりいるよ。

南　あー、どんどん捨てる人って、学者に向いてないのかな。どうなんですか、そういう学問もありますか？

養老　まあ、生き方でしょうね。瞬間、瞬間に生きてりゃ、貯めることもないし、動物なんか、みんなそうじゃないですか。時々、貯めてはみるけど、本人、すぐ忘れるでしょ。

南　そうですね（笑）。

養老　リスなんて、ドングリをキログラム単位でどこかに貯めてさ。

南　忘れちゃうんですか？

養老　そうそう、昔、猿を飼っていたことがあってね。

南　えっ、猿？　どうしてですか。猿を飼ってた？

養老　ペットですよ、ペット。映画に使ったんですよ。鎌倉にまだ、松竹の撮影所があって、そこで映画で使ってお役御免になった猿を、僕の小学校の先生が2匹引き取ってきた。「1匹、うちで飼うよ」って、お袋が引き受けて。お袋、そういうのすぐ引き受けるの。世話をするのは僕（笑）。

南　世話どうするんですか？

養老　何でもねえ、あんなもの、犬と同じ。

南　犬と同じ（笑）。

養老　室内で飼おうとしても、トイレがダメでね。小さいときから躾けないとダメなんだ。どうしようもないんで、庭にいるんですね。

南　庭につないで。

養老　だって、つないでいないと、どっかに行っちゃうんだもの。首輪です。でもね、隣の家の柿が色づくと、縄抜けして、必ずその柿の木にいるんですよ。

南　へえー！　縄抜けできるんだ。

養老　利口だよ。うちの猫なんかとは比べものになりません。猿が家に来た初日、上着のポケットにピーナッツ入れて、そこからピーナッツをやったんですね。次の日、どうしたと思う？　向こうからこう、ポケットに手をつっ込んできたもの。

南　あはは、面白いですね。すごいですね。

養老　桁外れに利口なの。だから、やることがわからない。

何でも食べるから、ラーメンを食べさせたことがあった。どんぶりに手をつっ込んで、麺《めん》を1本つまんで、ヒューッとつまみ上げたら、顔の辺まで来たのね、そしたら、キャッと手を放して逃げた（笑）。その心理、いまだにわからないです。なんでびっくりしたのかわからない。

南　想定外だった、このままだと、とめどなく、麺がどんぶりから出てくる（笑）。

養老　あいつにとっては、かなり抽象的な記憶になった可能性があります。

南　面白いなあ。

養老　あいつはね、カニクイザルでしたから、頬袋《ほおぶくろ》があるんですよ。だから、ピーナッツをやると最初、どんどんどんどん、ほっぺたに貯める。そうすると、頬がパンパンになる。

それから先、どうするかっていうと、今度は手に持つわけ。手で持てなくなると、足で持つ。頬袋も手も足もパンパンになったら猿、どうすると思います?

南　えっ、食べないんですか?

養老　怒るんだよ(笑)。

南　あははは。

養老　変な生き物だよ、あれは。

どこから無駄か

養老　以前ね、大学の医学部の同窓会があって、みんなもう、院長クラスになっている年代なんだけど、誰かが「うちの病院は赤字」って言いだしたんです。途端に、順繰りに赤字自慢になって（笑）。軒並みみんな赤字なんだ。「そんなに病院が赤字でどうするんだろうな」なんて思ったけど、その後、つぶれたって話は聞きません。

　でもね、赤字だ大変だって言っている間に、患者さんは来て、死ぬなり治るなりして帰ったりして、物事が済んじゃったりしているわけでしょ。それ、どういうことなんだって。

　俺、経済ってぜんぜんわかんないんだ（笑）。最近、終活とかいって、葬式にすごいお金をかける人がいるけど、葬式に金をかけるって、実際「何に」かけるんですかね。

南　うーん。お経代とか、戒名代とか、食事代とか。

養老　あと箱（棺桶）ね。ガソリン代とか。大してコストかかりませんよ。葬式じゃなくたって、みんな食事するでしょ。その日の食事代が浮くわけよ、その人たちは。「今日の昼飯、カレーを食うはずだったのに」みたいな（笑）。

その浮いちゃった分、どこに行くわけ？　亡くなった人を運ぶのに使ったガソリンなんていうのは、実際にガソリンが消えちゃってるからね、確かに使ってる。でもガソリン代払ったら、会社に入るわけでしょ。

南　石油会社に？

養老　そう、わかる？　そうやって考えていくと、さっぱりわからなくなって、考えてるうちに、これはぐちゃぐちゃじゃないのって（笑）。

南　国立競技場の建設費が莫大すぎじゃないのって、見直してみたら、ガサッと安くなったりして、じゃあ最初のはなんだったんだって怒る人もいるけど、ようするに、東京都がやったりしているのは、「どっかで誰かが抜いてるんじゃないか」って思うから、みんな、怒るんだよね。「自分のとこには来ないのに」って。

でも、自分のとこに来たらどうなんだろ（笑）。

養老　ドカンと３０００億（笑）。

南　どうぞ、お納め下さい（笑）。

養老　数字だけ見ていても、「どこから無駄か」っていうの、わからなくなりません？

南　いくらでもお金持ってるような人っていうのは、そういう数字でもって考えてるんでしょうね。生活するだけならそこまで必要ないと思うけど。

養老　孫正義が生きていくのにいくら必要かって（笑）。

南　よくわからないんですけど、今の経済の考え方ってキリスト教の国から生まれたじゃないですか。キリスト教では宗教関係者、司祭とかじゃない俗人は、儲《もう》けるっていうことが良いことなんだっていう考えですよね。その結果、ものすごく儲けてる人がいて、片っ方、どんどん食うに困る人がいるってことにはお構いなしみたいになってる。

一方で慈善事業みたいなこともやったりするんだけど、いくらでも儲けるのはいいことなんだっていう考え方は変えないですよね。ここを見直すってことにはどうしてなんないんですか。

日本の昔の大店とかって、世間に還元するみたいなことがあったわけでしょ。いくらでも儲ければ儲けるだけいいってもんじゃない。今は日本ももうすっかり西洋式になってるんですかねえ。

養老　まだあるとは思いますよ。「そんなに儲かるのはおかしい」っていう（笑）。日本は昔、支配階級の侍が貧乏だったでしょ。その歴史が長かったからね。

南　そうですよね。貧乏のほうが偉い。

養老　おかしいのは、社会システムがおかしいんですけどね。一点に集中しちゃうっていう。それを解決する知恵がないんです。それで世界中、格差とか言ってね、ＮＨＫがしょっちゅう特集をやる時代になっちゃった。

南　ピケティって人が日本に来たとき、なったんですよ、本人に（笑）。で、日本人の知り合いに「花咲爺さん」の絵本をプレゼントしてもらったって話にした。ピケティ「素晴らしい！」って言うんですけどね（笑）。「欲張るのカッコ悪い」っていう、ひと言で済む話だって思うんだけど。

養老　何でしょうね、とめどなく儲けるって。僕、ドイツ人の医者夫婦とけっこう親しく

トマ・ピケティ
南伸坊、南文子『本人遺産』
文藝春秋　2016

してたんだけど、彼らが小学生のとき、近所に鼻つまみ者のユダヤ人の子どもがいて、それこそ差別されて、でも今、お金を儲けて豪邸に住んでいるっていうんです。「あんたたち、それ、どう思うの?」って聞いたらね、「あれは才能があって偉い」って、素直にそう思ってるんですよ。その辺の感覚が違うんだね。

南 はあー!! すごいですねえ、「才能があって偉い!」なんだ。

養老 日本人だと、「あんなに稼いで、何か悪いことしてるんじゃないか」って(笑)。こうなるわけ。

怠けるネズミ

南　『養老孟司の人生論』の中で、「近代科学を学んでぐりぐり考えて、それを日本語で書いてたら結局お経になっちゃった」という話。日本語の理屈はやっぱり日本語ってことですか？

養老　近代科学って19世紀のヨーロッパで成立した特殊な科学なんです。そういう認識は、科学史や科学哲学の人は普通に持ってるんだけど、一般の人はそんなに特殊とは思っていなくて、普遍的な真実と思い込んでいるんですよ。日本人がノーベル賞を取ると新聞やテレビが大騒ぎするでしょ。あれが効いてるんじゃないの？

南　生まれたときからあるものって、もう最初からそうだったみたいに思ってますね。

養老　そういう中でね、僕みたいに「科学とは何か」っていうことを考えだすと、科学ではなくて「哲学」って言われちゃうんですよ。科学をやると、科学の業界の中に入っちゃうから、「科学とは何か」ができない。数学者の森田真生くんが、数学の教室に入らないのも、「数学とは何か」をやろうとしても、数学の教室に入ると、数学をやらされるからなんですよ。

今って、あらゆる場所で、そういう縛りが非常にきつくなって、みんな困ってる時代じゃないですか。だから、その縛りから離れて、1人で仕事をしてる人もたくさんいるわけです。でも両者の考え方のギャップが開いちゃってですね、ちょっと今、どうなっちゃうんだろうって。

南　それは芸術なんかも同じような気がしますね。芸術っていって、みんながまず思うのは結局、19世紀以降のヨーロッパの芸術家なんですね。ぜんぜん、ものすごく短い時期なんだけど、印象派以降の芸術家っていうイメージを、みんなが持ってる。昔から芸術ってのがあって「芸術家」みたいなエライ人がいたと思ってる。

西洋医学だって、ちょっと前までは、人が病気になったら、「悪魔が入ってきた」って思ってたんですよね。西洋人も。

養老 あのね、18世紀までは間違いなく、変なんですよ、こちらの目からするとね。19世紀に入ると、論文でも何でも、現代の科学に近い書き方になってくる。でもさ、理屈で考えたら、これ、当たり前じゃないのと思いません？

科学だって「意識のやってること」でしょう。無意識に科学をやる人、いないでしょ。意識が左右してるなってことは、誰でもわかるはずで、そうなると、「仏教の世界」なんですよ。もう、「唯識」っていうのがあるくらいで。

南 むしろ意識に左右されないものが科学なんだって、思ってるんじゃないですか。

養老 だから、一番の問題は、「唯一、客観的な現実は存在するか」ということです。

ある元外務省の人が書いた本をね、僕、よく引用するんだけど、「ワシントンでは100人いれば101の現実がある」と、その人は書くんです。人それぞれ、現実、違うから、違う世界に住んでいるから、100あるのはいいんだけどさ、「101番目」って何だ。それが「唯一客観的な現実」っていうんですね。

じゃあ、その101番目の、唯一客観的な現実の存在を保証したのは誰なんだ。100

人、人がいたら全部違うんだから、人間ではないことは間違いないです。101番目の現実って、それ、「神様」じゃないですか。だから、その外務省の人は自分で知らずに書いているんだけど、クリスチャンの前提を取っちゃってるなと。仏教ではそういう前提、取りません。唯一客観的な現実とか、あってもなくてもいいんです。

そういう、実感のない人が建前でものを言ったりすると、どこかで嘘が出てくる。とはいえ科学のおかげで、現に自動車が走り、コンピュータが動くんだから、「いいだろう、それで」って僕は思うんですね。「これで十分」だと。

でも今の問題は、「それが正しい」になっちゃうこと。それで、「困った、困った」って、「俺の仕事がなくなっちゃう」とか言ってる人がいてね、「バカだな、お前」って言いました（笑）。「自分でやってるんだろうが」って。初めから「俺の仕事って何だ」って考えときゃいいじゃん。

それでね、僕、本当に素直にそう思うんだけど、実験用にネズミを飼うじゃないですか。飼ってるネズミって、初めから水があって、エサがあって、安全な部屋に入ってるんですよ。ある日、「これって動物か」って思ったの。生きてるから、まあ動物なんだけど、だけど、「こいつ、何もしてないよ」って。エサを探すこともしないし、連れ合いも探しようもないし、独りぼっち。「これ、生き物か」って（笑）。

南　そうですねえ。そのネズミは考えてないです（笑）。

養老　そのうち、実験動物棟が完成して、エアコンがついて、俺が住んでる部屋よりずっと環境がよくなって。こんなとこでネズミが水を飲みやがってさ、ひっくり返って腹を出してさ、吸い飲みに口をつけて、腹出して寝てるんだよ。「こんなのネズミかよ」って（笑）。

そんなネズミで実験して、「あれがわかった、これがわかった」っていうけど、意味がわからない。こんなに条件をコントロールされてる生き物なんかどこにいるんだよって。「唯一客観的な現実」と同じような話でしょ。こんなことばっかり言ってるから、俺の言っていること、「お経」って言われちゃうんです（笑）。

伯爵夫人

養老　今日、蓮實（重彦）さんの『伯爵夫人』（新潮社・2016）を持ってきたんです。

南　ああ、賞をもらって怒ってたっていう。

養老　蓮實さんはさ、俺より1つ上なんだよ。こんなジジイに賞を出す馬鹿があるかって話です。会見とかスピーチでね、「俺みたいに長年、小説を読んでたら、この程度のものを作るのはお茶の子だよ」なんて話をするわけですね。「それがわかんない審査員がダメなんだ」なんて言う。「小説ってこんなものだろう」って、彼は遊んで作ってるんですよ。それが、相当な出来だから、「私は小説家です」って（笑）。没入して一生懸命やるって、もうそういう年でもないんで、言ってみれば、おちゃらかしで作ってるんですね。「ざまあみろ、これで騙《だま》されたお前らって、この程度だろ」と、そういうところが見えるんです。

この年になると、やっていることに対して距離感が出てきますね。若い人が一生懸命やると必死になるでしょ。こっちは、もう、必死になるもの、ないんですよ。だって、いくら必死になったって、もうすぐ寿命が来るんだからさ。「先生、まもなくお迎えが来ます」っていうやつ（笑）。

南　世の中一般では、「必死になっているのがいい」ってことになってますね。

養老　そう、だから、蓮實さんがいくら書いても、おちゃらかしにしかならないんです。やっぱり自分と同年齢の人が書いたものは、一番わかりますね。

ふだんは僕、恋愛小説なんてぜんぜん読む気しないんですよ。「何、それ」って（笑）。ミステリ小説に恋愛要素が入るのはまだいいけど、それでもだんだん、「じゃまくせえな、こいつ。こっちは推理小説を読んでるのに、なんで女が出てくるんだよ」ってイライラしてきてね。

南　読者サービスなんじゃないですか？　編集者が「先生、このへんでちょっと女も出して下さい」って。

養老　いらねえ、そんなもの（笑）。でもね、蓮實さんの『伯爵夫人』は、男のほうから書いたポルノみたいなところがあるけど、ああ、年寄りだからムリもねえなと、ほぼ同い年の俺なんかには思えるわけです。

　ポルノってことで言うと、以前『失楽園』が話題になって売れたでしょう？　あのとき、新聞の書評担当の記者がね、「こんなに売れてるのに誰も書評しない。誰か書評してくれないか」と言うんで、「じゃ、俺がやってやるよ」って言ってね。ポルノっていうのは、しょせんは絵に描いた餅《もち》なので、「絵に描いた餅がこんなに売れるっていうことは、世間は餅不足か」って書いてやった（笑）。

南　あはは。絵に描いた餅不足なんですよ（笑）。

養老　今はそういう世界ですよ。現物は余りある。だからみんな、面倒くさいだけでしょ。

南　「面倒じゃない現物」がほしい（笑）。

養老　蓮實さんのが典型だよ。80だもの、蓮實さん、それがポルノ書いてどうするんだよって話でしょ。

第二章 最後の審判

神の裁き

南　以前、先生が本についての鼎談をされてて、「デカルトが一番面白かった」って仰ってましたね。デカルトとか読んだことないですけど、俳句は作ったことあるんです。「デカルトや　我想ってないときの　我はだれ？」

それでなんか言ったような気になってたんですけど、考えてみたら、デカルトは最初から「我想ってないときは我じゃない」って言ってる（笑）。先生はデカルトっていう人の、どういうとこが面白かったんですか。

養老　あれは面白くてね、フランス語で書くと「Je pense（私は考える）,donc je suis（私は存在する）」、こうなるんです。

これをラテン語で書くと、「Cogito ergo sum《コギト エルゴ スム》」、言葉が3つなの。Cogitoは一人称単数現在の「考える」、ergo は「ゆえに」、sumは英語でいうbe動詞の「am」、「I am」の「am」です。「我あり」って言っているのに、「我」がないの、どこにも（笑）。

近代の欧米言語っていうのは、キリスト教以降に成立していて、ローマ時代はラテン語で、ラテン語は動詞の変化で人称がわかるんで、人称代名詞を入れる必要がなかったんですね。僕、講演で最近いつも言うんだけど、「I am a boy」っていうとき、じつはあれ、「am a boy」でいいんですよ。なぜなら、「am」の前には「I」しか来ないから。「I」以外の主語がついた「am」の入った文章は見たことあります？

南　いや……。

養老　あるわけないんだもの（笑）。

そうなると、どこで「私」というのが忍び込んだか、あるいは、大手を振って入ってきたか。たぶん、11世紀ぐらいに教会が「告解」を奨励し始めた。これが原因じゃないかって。ようするにザンゲです。告解するときは、神様に対して「私が」何をしましたと許しを請うでしょ。つねにそこには自分が入ってくるんですよ。

もう1つ、「最後の審判」という説があってね。最後の審判って、この世の終わりでしょう。この世の終わりが来ると、大天使がラッパを吹き鳴らして、すべての人間が主の前で裁きを受けるんですよ。

俺、中学生のときから、これが不思議でしょうがないの。すべての人が神様に、「あんた、30のとき、こういうことをしたろ」って言われるんです。出て行った私は誰？

南　あー、ですね。そうです。

養老　そう。老人になっているんだったら、「死に際の私」でしょう？　死にそうになってる私だからね、返事なんかできるわけない。「はい……」とかさ、「息が苦しい……」とか言ってるだけなんだ（笑）。

50の私が出て行ったら、70のとき、やったことは知らないんだからね。それよりアルツハイマーで出て行ったらどうなるの？

南　普通に考えたら、よぼよぼと死にかけてるヤツですね。

養老　よれよれ（笑）。神様に返事してる余裕なんかねえ。誰が出てくるんだよって。

それが「主体」ですよ。主体性とか言うでしょう、あなたはあなたって言うでしょう、その「あなた」っていうのが「いる」ことになっちゃう。
生まれてから死ぬまでの全部の記憶を持った、高級なっていうか、四次元的な私が存在するというのが、「最後の審判」を前提にしたときに出来ちゃったんですよ。キリスト教の世界っていうのはね、よく考えたらとんでもない。「そんな、俺、いるかよ」って（笑）。

南　確かに生まれたときのこともよく憶えてないです。初めて言葉をしゃべったときのこともぜんぜん憶えてない。

養老　憶えてない。

南　でも裁かれちゃうわけですね（笑）。

養老　そうですよ。裁かれる「私」のほうが困っちゃうんだ。「あんた、20歳のとき、こうだったろ？」なんて言われても（笑）。

アメリカ人なんか、話を単純にして、主体が絶えず選択を繰り返すことによって人生が成り立つと思っているから、単純に、選択を繰り返した結果、ホームレスになったら、「お前が悪いんだろう」っていう。

彼らの自己責任ってそういうことなんですよ。人生の分かれ道で絶えず悪いほうを選んできたあなたが悪い。こうなってるんだ。そんな主体、日本人にあるかって（笑）。

南　そういう主体で生きてこれた人たちなんでしょうね。

養老　徹底的に叩き込むんです。「あなた、紅茶にしますか、コーヒーにしますか」って。

南　どっちでも（笑）。

人生は点線

養老　「あなた、紅茶にしますか、コーヒーにしますか」というのは、「決めるのはあなた」と言ってるんですね。「あなたの裏にあなたという選択の主体があるでしょう？」って、暗黙のうちに強制しているんです、この言い方（笑）。

親切にこっちの好みを聞いているのではない。だから僕は、「日本だったら黙っていたって、飲み頃のお茶と羊羹《ようかん》が出てくるだろう」って（笑）、何度も言うんです。それの何が悪いって。

アメリカなんかじゃ、3つか4つの子どもが誕生日のお祝いにおもちゃの車もらって、「この車の色を決めるのはお前」って親が言ってるんだから。選んだ色に塗るんだってさ。

「赤にするのか、緑か、青か」って。そんな小さいときから、暗黙のうちに叩き込まれてるんですよ。そういう人たちが大人になって、「責任」とか言って、こっちは知ったこっちゃないって思います。

だから、さっきの「１０１番目の現実」、僕、非常に気になるんです。暗黙のうちに一神教の前提を受け入れてるわけでしょ。そうなると、そういう人には、「あんたはクリスチャンだな」と、こういう結論にせざるを得ない。だけど、ご本人は自分がクリスチャンとは夢にも思ってないみたいで、馬鹿みたいな話です。おそらく、新聞社とか、俺、聞いたらさ、ほとんど全員が建前としてはクリスチャンの返事をする思うよ。「真実は１つあるんです」。嘘をつけって。

だから芥川が『藪の中』を書いたんでしょう。なんで『藪の中』が、世界中で読まれたかっていったら、一神教の世界の逆をいってるから。誰が本当のことを言っているか、わからないまま物語が終わるでしょ。でもクリスチャンが読むと、あれは終わりじゃなくて、「本当のことを言ってるのは誰だ」っていうストーリーを作るんでしょうけど。文章にたとえれば、点と丸を打つ場所が、日本じゃ逆なんです。

南　日本人が丸を打つところに、向こうの人は点を打つ。

養老　そう。でも、こういう違いも意識がやってることでしょ。その意識って、毎日なくなりません?

南　はい。寝ると失います、意識。

養老　何度もなくなるでしょ。でも戻ってくるとき、意識は同じって思う能力を人間は持ってるんです。途切れてるのに、同じ私だっていう理屈です。それだけのことなの。だから、本人はつながってるつもりなんだけど、実際には途切れとぎれ。「主体」なんてものは、断続的にしか存在していません。

だから、「人生、点線だよ」って僕は言うんです。意識はつながってる、つまり「前の自分と同じだ」っていう確信が付属しちゃってるから、気づかないだけなんですね。目が覚めるたんびに別人になってたら、面倒くさくてしょうがないものね。街でも学校でもそうでしょ? 何年か経ったら中身がみんな入れ替わってるんだから。同じ私なんていうのは、「頭の中」にしかないんですよ。

私の主人

養老　こういう話になるとね、うっかりすると、脳の中に誰かがいて、それが指令を出してるっていう話にもなっちゃうんです。これは脳を考えるときには必ず起こる問題で、結局それが、自分の意思とかいうものになる。
　そうすると、そういう、自分の意思を決めてる、何かがいるはずだ、なんて話になっていく。自分の頭の中に自分の主人がいるわけだ。いねえよ、そんなもの（笑）。

南　解剖しても（笑）。

養老　どこにいる？　出してみろよって。でも人間って、そういうふうに考える癖があるんですよね。

南　２人いる説もありますよね、いいモンと悪いモンがいる（笑）。

養老　でも、この辺はね、生理学っていうか、脳科学でもけっこうシビアな議論になってるんですよ。

例えば、「水を飲もう」と思うと、普通は「水を飲みたいと思ったから、水を飲む」と思うでしょ？　ところがね、脳からみるとそうじゃないんで、「水を飲みたい」と思うより前に、脳みそが水を飲むほうに向かって動いているっていう話なの。だから、水を飲むほうに向かって脳が動き出したから、「水を飲みたい」っていう意識が発生するっていうんですね。

南　最初にその、水を飲みたいって思うんじゃなくて、それより前に、脳みそが水が飲みたい方向に行っている。

養老　水を飲むときにね、飲むっていう行動が起こるでしょう。その行動の前提になる行動が、脳の中で起こる。

南　はい。

養老　だから、実際に手が出る前に、この筋肉を動かす神経細胞があって、その神経細胞に、脳から刺激が行く。その脳が刺激を送っている細胞に、他の脳の細胞が刺激を送っている。そういうふうに、何段階にもなってるから、ある体の動きについては、今、かなり手前から観察することができるんですね。

一番手前の部分は、本人がその手を動かそうと思うよりも前から、もう動き出しちゃってるってことです。思うっていうのは、意識でしょ。意識が発生する以前に、神経細胞のほうが先に動き出してるっていうこと。

南　無意識にやっちゃったんだってよく言いますけどね、言い訳で（笑）。

養老　だいたい0・5秒の時間差。で、意識のほうは、自分が手を動かしたっていうふうに思ってる。意識って遅れてるのよ。意識っていうのは、いわば、「あと知恵」なんです。

脳みそが違う

南　デカルトと同時代の学者って、神学とかキリスト教の立場に立った人たちのことですよね。デカルト、すべて疑うんだから、当然、神様も疑ってるはずなんだけど、それ言ったら殺されちゃうんで、言わないようにしてるんだろうなっていうのは、わかります。だけど、数学について、今までと違う考え方をしたっていうのは。

養老　「デカルト座標」っていうのを創りましたね、彼は。

南　あ、そういえば先生のお話には、よく座標出てきますね。前回（『老人の壁』毎日新聞出版・2016）の「夫婦ゲンカしないための座標軸」とか（笑）。

養老　しましたっけね。これはね、簡単にカオスを作れるんですよ。XならXの値を決めるとYが決まるじゃないですか。そのYの値を、今度はXに持っていってやる。そうすると、また別のYの値が出るじゃないですか。これを繰り返していくと、ものすごく単純な操作でカオスが出来る。

南　つまり、そのきれいな曲線とかっていうんじゃなく……。

養老　いや、その二次曲線の形をちょっと変えると、途端に答えがぐゃぐちゃになるんですよ。予測がつかなくなってくる。とんでもない答えになっていくんですね。

南　へえーっ、確かに、それはその座標軸をグラフにするっての考え出さなかったら、出てこない考えですね。なるほど。

養老　算数は暇人じゃないとできません。ボケーッとしてるときに、算数の問題を考えられる人が数学者なんですね。普通、ボケーッとしてるときはボケーッとしてるもの。

南　わざわざ考えるのが、楽しいから考えるんでしょうね。考える人は。

養老　どうしても考えるんですよね。そういう人は。考えちゃうんでしょう。

南　僕がいつも引っ掛かっちゃうのは、説明のために記号を使うでしょ。あれがダメです。幾何の角AOBとか、角BOCとかって言い出された途端に、「やめてくれえ」ってなっちゃうんです（笑）。

図形さして「ここの角のことを言ってます」っていうんだったら、そこ、ぱっと赤くなるとかさ、そういうふうにすればわかる。この「絵で見せてくれたら、わかるんじゃないか」っていうアイデアは、ずいぶん前から考えてたんです。昔は、生徒一人ひとりがコンピュータ持つなんて時代来るはずないって思ってたでしょ、でも、今はみんな、持ってる（笑）。

そもそもなんで、デカルトはその、目に見える「座標」を使うっていうのを、思いついたっていうか、考えるようになったんですか?

養老　やっぱり、代数と幾何をつないだんですよね。代数は数字で、幾何は絵でやってきた。座標で両方をつなぐ。これで、わかりやすくなったんだね。

南　わかりにくくなって迷惑してますけど（笑）。

養老　わからないっていう人の、その前の状況を知らないから（笑）。

南　そうなんですよ（笑）。その前の状況を知らずに、いきなり教えるじゃないですか、学校の勉強って。

数学なんか、「こういうことをなんとかしたいからデカルトが考えた」とか「ヒマで思いついた」とかって、ひとこと言ってくれたら入ってけるかもしれないのに。いきなり「憶えろ」って言うからわからなくなっちゃう。

養老　しかも、その辺になると、人によって頭を使ってる場所が違うので、同じ説明が同じように、通用するとは限らないんですよ。

この人は納得するけど、この人は納得しないってことでしょ。人によって脳みそが使っているチャンネルが違うっていうことです。

目と耳

養老　ところで話しましたかね、ここで。物理学者のファインマンの高校時代の話。

南　高校時代？　いえ。

養老　「頭の中で数を数える」っていう話です。ファインマンが高校生のとき、黙って100まで数えてストップウォッチを押してみたら、いつも同じスコアだったっていうんですよ。また別なときにやってみたら、やっぱりちゃんと同じ。本を読みながら数えても同じ。「おかしい！　こんなに一定なのは、どうしてだ」って思った。で、身体の中で一定して動いているのは心臓だから、学校の階段を駆け上がってみたりするわけ。

南　鼓動を速くして計ってみた。

養老　ぴたっと同じなんです。

南　へえー！

養老　ファインマンがその話を友達にしたら、「噓つけ。本を読みながら数えられるわけないだろ」って。

南　普通、数えられないですよね。

養老　すると今度は、その友達が、「自分はおしゃべりしながら数えられる」って言い始めるんです。ファインマンは、「噓つけ。おしゃべりしながら数えられるわけがないだろ」って（笑）。そこでお互いに、相手が言うことは本当かって、実験を始めるわけ。

それでわかったのが、ファインマンは頭の中で1、2、3、4って、音にして「耳で」数えていた。友達のほうは、頭の中で「日めくりカレンダー」をめくっていた。つまり、友達は「目で」数えているっていうんですね。

頭の中の目を使っちゃってるから、本が読めない。ファインマンは耳を使って数えてるから、本を読める。かわりに、おしゃべりしながらでは数えられない。

こんな、「100まで数える」という同じことをやるにしても、一人ひとり使うチャンネルが違うんです。個人差ってそういうところにも出てくるんですね。
ようするに、食い違って当たり前。あるところまでは一緒だけど、あとは、それぞれの筋で納得する。何事も、そういうふうにしましょうと。

南　へえーっ、オレ、どっちもダメそう（笑）。仰る意味はわかりますけど。

養老　だから、自分が納得するところで、他人が納得するとは限らない。僕なんかが、一生懸命、言ったり書いたりしても、ぜんぜんね、「そんなこと関係ねえや」って思ってる人もずいぶんいると思うんです。目と耳じゃないけど、最初のチャンネルが違うから。

南　本を読んでいて「そう、そう、まったくそう思う」っていうのは。

養老　それは、同じチャンネル。「何を言ってるんだ、こいつ」っていうのは、違うチャンネル。だから、僕、どんなくだらない本でも、一応、馬鹿にしません。本の著者なんて、全部、何かの言い分を持っている患者と思えばいい。

南　はあー、確かに（笑）。

養老　だから本当なら、学校なんかでも、耳で数えてるやつ、目で数えてるやつとか、そうやって、分ければいいんです。

南　教育の仕方が1つだから、スタートラインでついていけない子が出ちゃう。

養老　近頃、フリースクールって出来てきたじゃないですか。知ってます？　不登校児童の学校、一応、義務教育だから、どこかの小学校に籍を置きながら、フリースクールが預かるっていうシステムなんです。

普通の学校と違って、野山を駆け回って、あとは畑の手伝いでもしてるっていう、そんな彼らも卒業をすると普通の中学校へ行くわけですが、1学期はダメね、やっぱり。でも、1年間いると相当よくなる。トップクラスに入ってくる子もいる。今まで勉強したことがないから面白いんだって。

南　なるほど。

養老　モチベーションが高い、むしろ。

南　熱中する能力っていうか、興味持つ素質があるほうが伸びますよね。学校に行ったら勉強するもんだって、物わかりいい子より。

養老　掛け算とか割り算とか、小学校で教えるようなことって、そんなもの屁でもない。アホみたいなことです。計算なんて計算機がやればいいじゃない。

南　そうです！　せっかく発明したのに、使っちゃいけないって、おかしい。

養老　何年か前、京大の入試でスマホを使ったって問題になったんだけど、俺はね、スマホを使ったって選別できるような問題にすべきだと思う。

南　そうですよね。

養老　当たり前だよね、今やそんなもの誰だって使ってるんだ。あれね、問題を変えりゃいいので。ある意味、辞書使ってるのと一緒じゃん。

南　でもスマホ使ったって、やっぱり、落とされるやつは落とされる。

養老　「世の中は理不尽」っていうことを教えるのが教育（笑）。

第三章
絵の東西

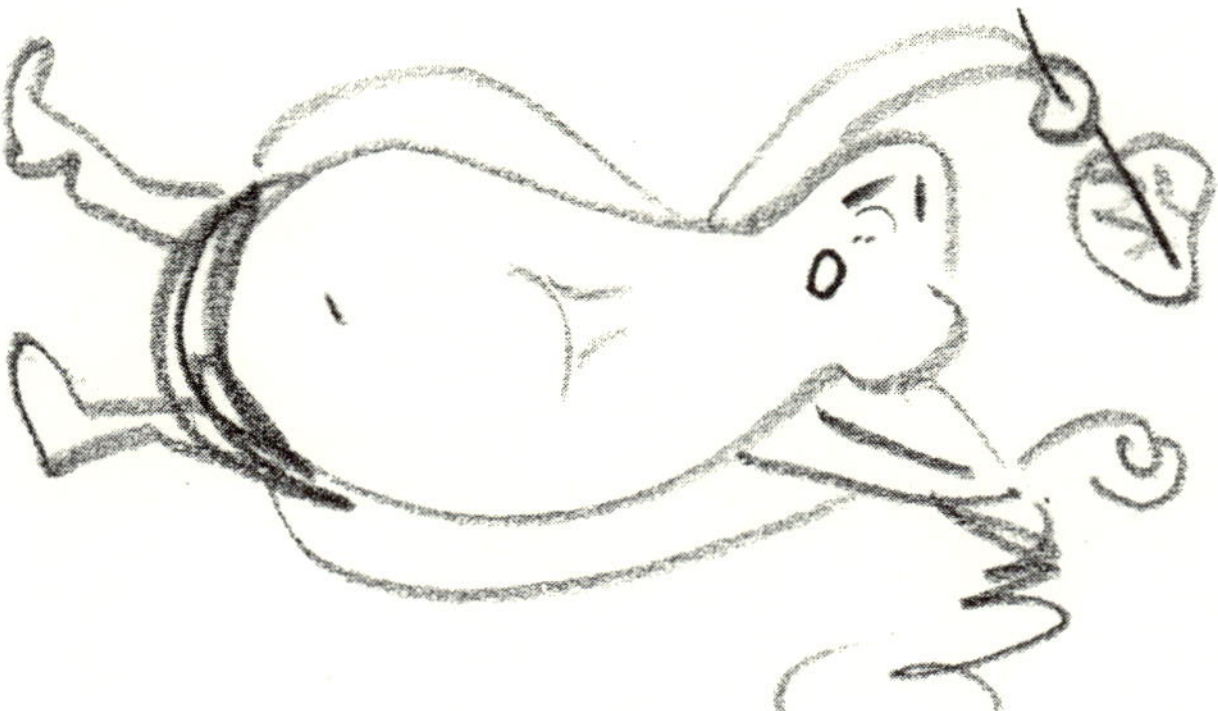

影を描く

南　今日は、絵の話をしたいと思って、あの『解体新書』の絵、秋田蘭画《らんが》の……えっと誰でしたっけ（笑）？

養老　小田野直武《おだのなおたけ》ですか？

南　そうです、そうです。その小田野直武の模写した絵ともとの絵の話なんかできたら面白いかなと思って。それから、レオナルドの『最後の晩餐』と雪舟の『慧可断臂図《えかだんぴず》』持ってきたんですけど、これはこの2枚が両方1496年に描かれてたもので、西洋と東洋の考え方の違いみたいなことでお話しできたらって思うんですけど。

養老　西洋の解剖図を、『解体新書』が模写してるっていう話ですね。

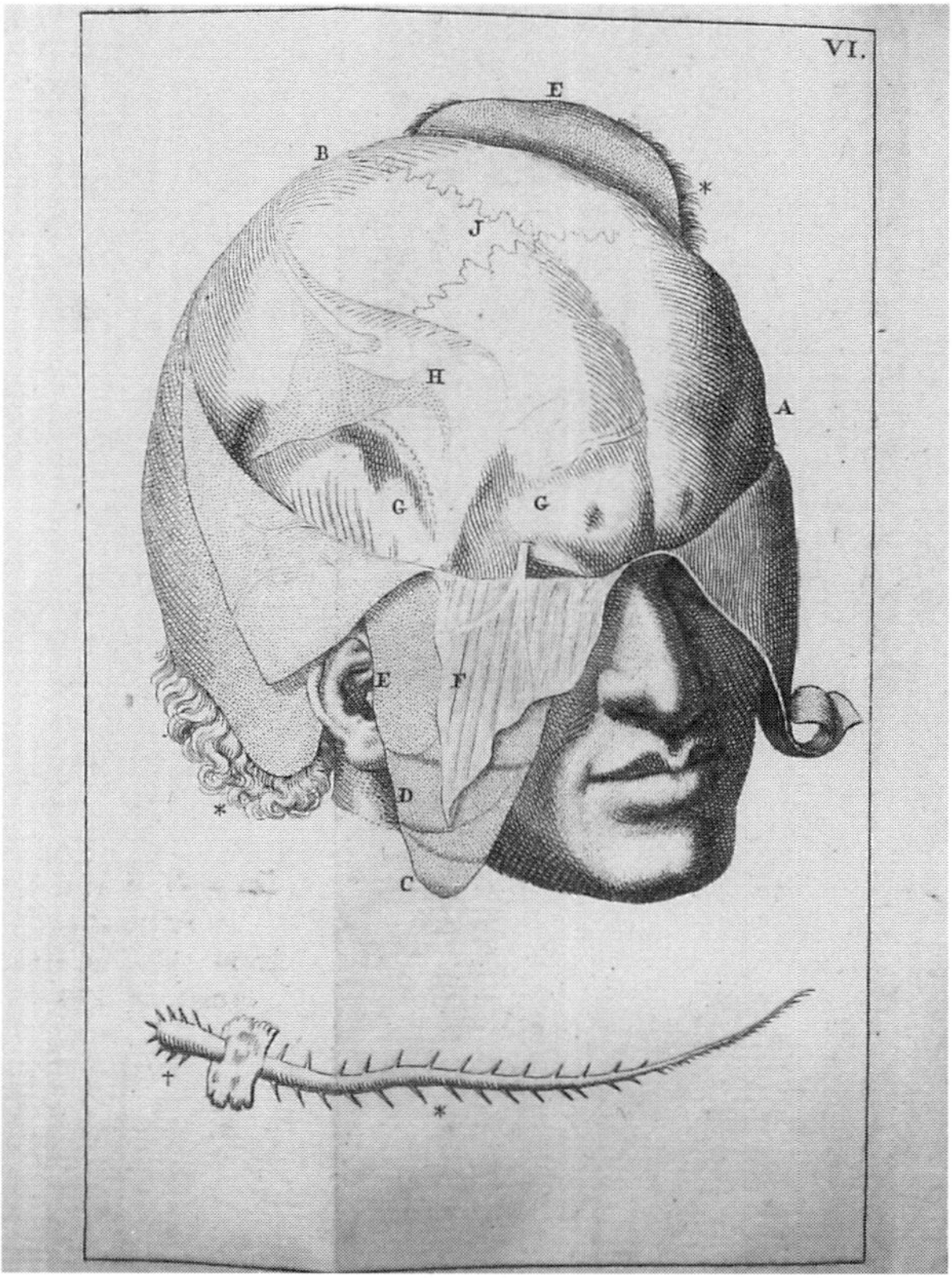

ターヘル・アナトミア
1734
ヨハン・アダム・クルムス
所蔵：国立学校法人東京医科歯科大学図書館（P65.66 含）

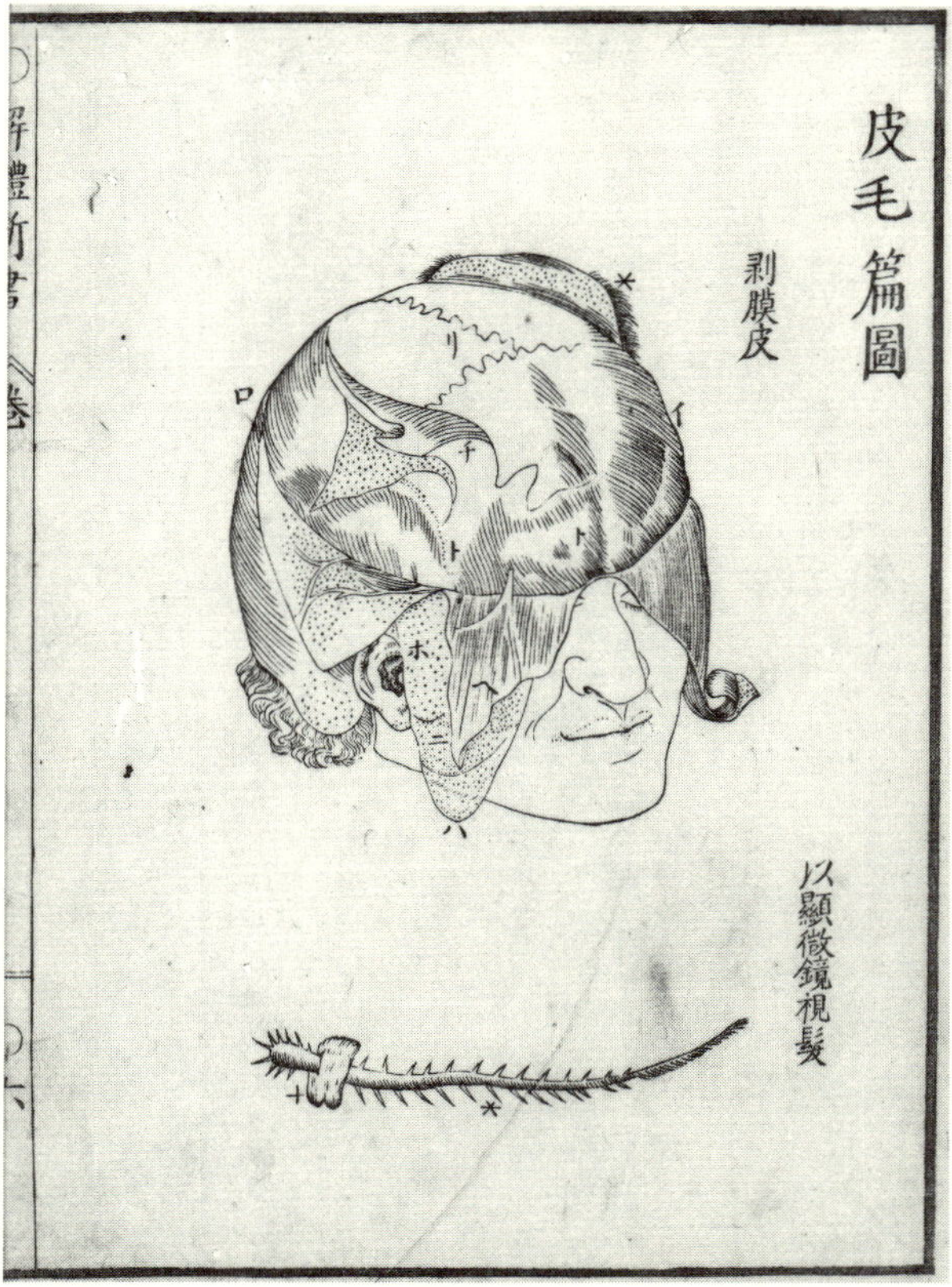

解体新書
安永３年（1774）
翻訳：杉田玄白　前野良沢　等
画：小田野直武

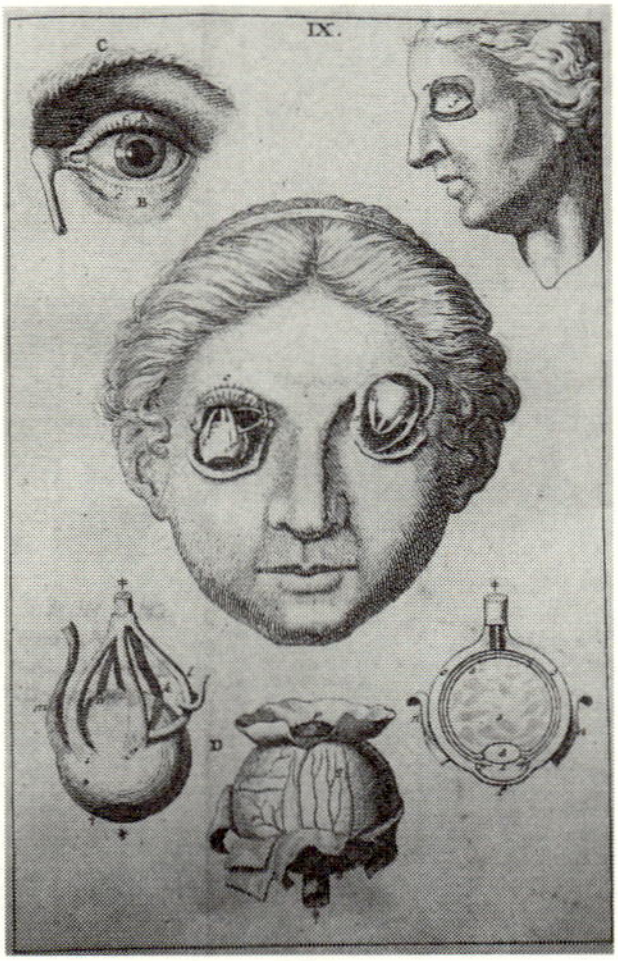
IX.
C
B
D

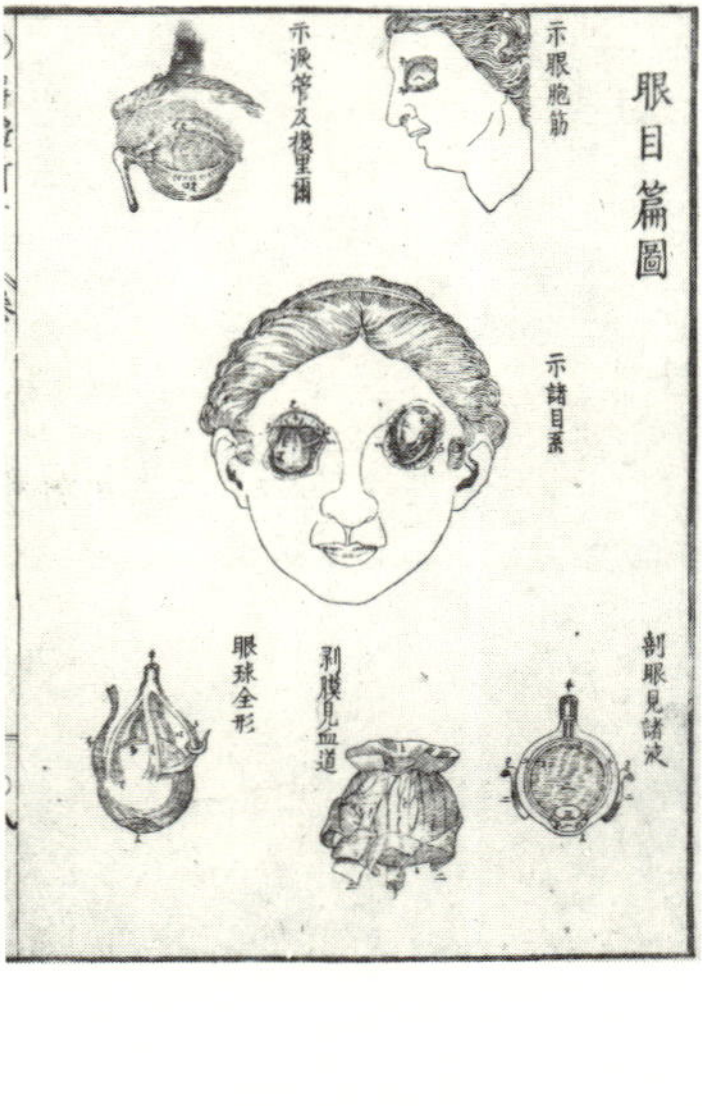
眼目篇圖
示眼胞筋
示涙管及瞼裏圖
示諸目系
眼球全形
剥膜見血道
剖眼見諸液

面白いのが、もとの西洋の絵には影が描いてあった。それを写した小野田直武の絵には、影が描かれていない。「輪郭だけ」描いてるんです。影ってね、これを描くと、特定の時間になるんです。その「瞬間」だからね。日時計と同じで、時間がずれたら位置がずれる。絵描きが途中まで描いて、飯を食いに行ったら、影がずれちゃうの。

南　時間が経っちゃってる。

養老　そう。だから、西洋の解剖図にはハエがとまったりしているんですよ。

南　アハハ、死体にはハエがとまりがち。

養老　次の瞬間にはいなくなってる（笑）。これ、写真が典型でしょ。「ある日、ある瞬間の」とも見える。だから逆に、この光とか影を消していくと、そういう姿の持っている、永遠の姿が出てくるでしょ。

南　光の方向によっていろんな影が出来るわけだし、もっと時間が経ったら、真っ暗になって何も見えなくなる。真っ暗になったら物もなくなるっていう、見えないなら「ない」っていう考え方もできるけど、「なくなってはいない」っていうことですね、その、輪郭で描くって考え方は。

養老　だから、小田野直武のは、「頭の中の絵」なんです。頭の中の絵っていうのは、つまり、漫画なんですね。

南　あー、そうか、漫画。

養老　だけど、一枚の絵は全部を含んでます。『最後の晩餐』に描かれているのは、「最後の晩餐の日」とも見えるし、その日のある「瞬間」とも見える。絵の面白いところですね。なんで西洋人はこういうことをしたんですかね。

南　だいたい西洋の絵、宗教画とかの絵の目的っていうのは、神の教えを、文字の読めない人にもわかるように、絵で説明することですね。そのときに、簡単な漫画みたいな絵よりも本当に実物がまるでそこにあるかのように描いてあるほうが、みんな、驚くし面白がるし、興味を持つ。

そのために、着てる服の皺《しわ》だったり、ピカッと光るものだったりをものすごく立体的に、そこに服を着てる人がいるみたいに描くっていうところから始まってるんじゃないかと思うんですよね。陰影を描いたほうが、服の材質感みたいなものがわかるし、人間の皮膚の感じだったり、物の質感が伝えるものがある。そこに、「遠近感」を出すとさらに実在感

最後の晩餐
1495 ― 1498
レオナルド・ダ・ヴィンチ
提供：Universal Images Group/ アフロ

が出るんで、後ろにいる人が小さくなってきたりとか、建物の形とかなんかが、どんどん遠近法に近づいていったんじゃないかな。

養老　雪舟は、水平線をずいぶん使ってますよね。何本も。

南　そう、何本も。水平線と遠近法を別々に考えてると思う。水墨画っていうのは、線描だけじゃなくて、墨の濃淡で遠近の感じを出したりもできます。西洋の遠近法みたいに理詰めっていうか、やかましいもんじゃない。いろいろ遠近を表現する技術もあるんだけど、雪舟の場合、わかってやってたのか、わかってなかったのか、セオリーを無視するんですよ。で、この慧可断臂図とかだと遠近感ヘンですよね。すごく平面的な感じがする。

雪舟って、絵としての力強さみたいなものを出そうとして、無意味な墨の斑点を置いたりしたっていうんです。どっちが遠景になるのかわからないような描き方。現在の遠近法的な目で見ると、ヘンなんです。日本の絵もそれぞれ工夫はしてるんですけど、光と影、陰影ってことについちゃこだわり方がぜんぜん、違ってたんじゃないかなって。

養老　どっちもデッサンはやるんですよね、練習のときはね。でもその段階から違ってくるんですね、きっと。

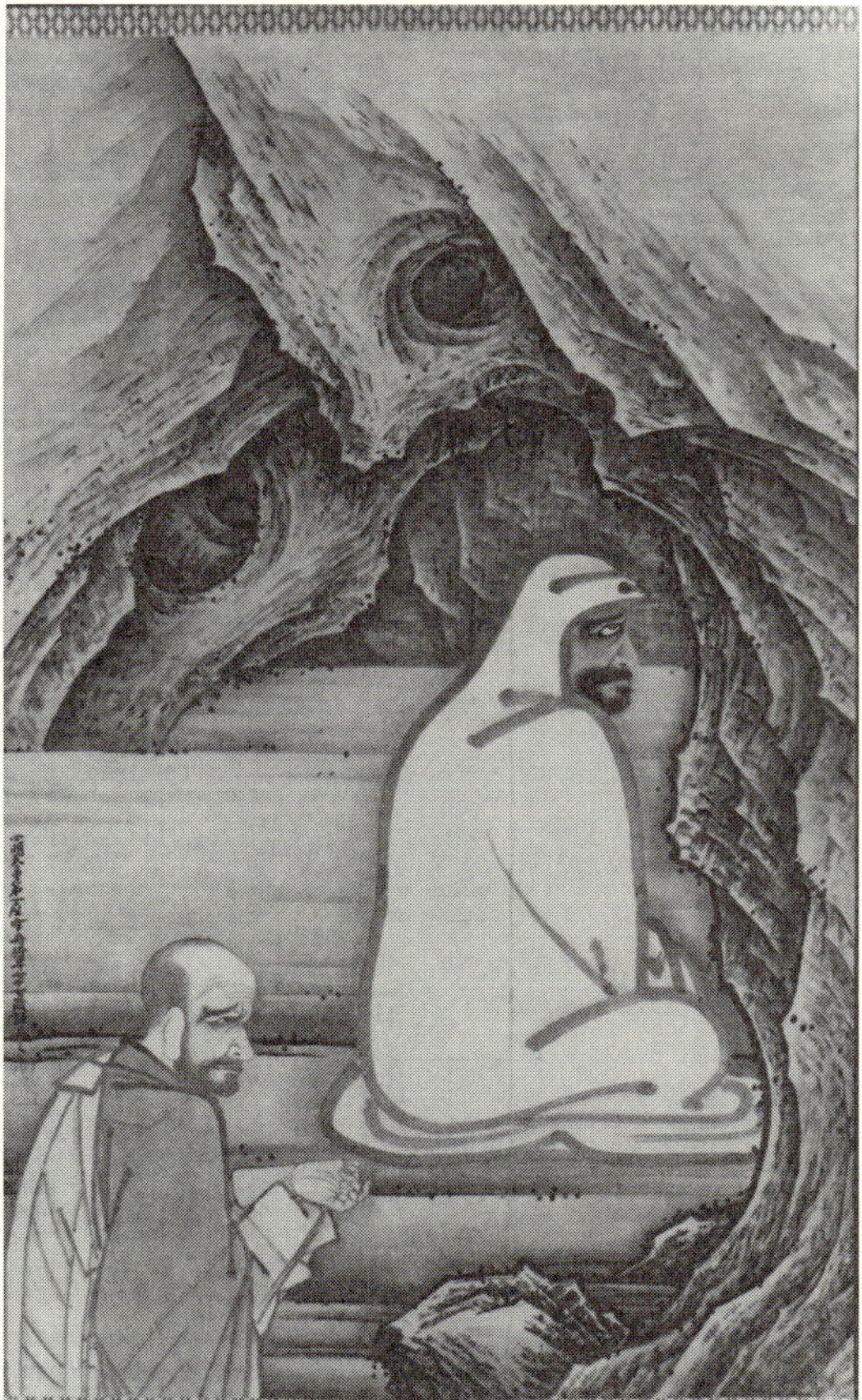

慧可断臂図
室町時代（1496）　雪舟筆
所蔵：愛知　齊年寺
提供：京都国立博物館

南　今の僕らは、西洋風なものの見方になっちゃってるから、影があって当然、影があるのにどうして描かないのって、むしろ思っちゃいますね。実は写真が紙やガラスに定着できるようになる以前から、それ、絵描きの専売特許というか、秘密の技法だったみたいです。

光学的な技術で像をとらえるっていう方法はだいぶ前からわかっていた。節穴があって節穴から入ってきた光が障子に映ると、外の風景がそのまま逆さになって映ってる。それをなぞれば、ものすごく正確な風景画が描けるわけです。

そこにレンズを置いてみたり、凹面鏡をつかってみたりすることで、とっても正確なデッサンが得られる。画家の間ではそういう装置を使って、例えば肖像画を描いたりするときに、明るい場所にモデルに座ってもらうようになったんですね。レンズや凹面鏡を通して、こちらに映ったのを、さらさらっとこう、トレースする。肖像画は似てないとダメだし、モデルが疲れるから手早くデッサンできる画家は名人です。もともと頑張ってた細かい質感表現とかは、お手のもんだから、これでもかっていうふうに描き込むんです。

こういうことで、いわゆる超絶技巧みたいな絵がメインストリームになってった。写真の技術の前史が、すっぽり絵画の技術の中に含まれちゃっているんです。

写真と絵

南　幕末から明治にかけて河鍋暁斎《かわなべきょうさい》って、最近になって再評価されてる画家がいるんですが、ものすごく上手な人なんですけど、フランス人のエミール・ギメって人が、おかかえの画家レガメってのを連れて、訪ねてくるんです。この時点で、西洋では暁斎はもうわりと有名画家なんですよ。で、インタヴューをしながら、横でこのレガメが暁斎をデッサンするんですね。
　暁斎が話しながら、あっち向いたり、こっち向いたり動くんで注文つけるんです。ちょっと動かないでくれって。これ、今の僕らでも言いますよね。モデルはじっとしててくれなきゃ。ところが、暁斎は「え?」って言う。だって鳥とか、じっとしてないですよ。まあ、ちょっとイジワルしてたかもしれない（笑）。で、オレもあんたの絵を描こうと思うがどうか？　って言うんです。それまでレガメが絵を描いている間、ずっと観察してたわけですね。で、筆を持った途端、さらさらっと描いて、あっという間に出来上がる。その絵残ってるんですけど見事なもんです。しかも、その絵が西洋風のデッサンなんです。

それで、フランス人がものすごくびっくりするっていう。見ながら描くっていうのは、今の僕らも当たり前と思ってるんだけど、じっと観察して自分の頭の中に入ってきてから一気に描くっていうのが日本の画家のトレーニング方法です。先生のさっき仰った頭の中の絵を描くっていうのと、陰影をなぞっていくっていうのの違いですね。

ところで、円山応挙《まるやまおうきょ》っていう人は絵描きになる前に、京都の、大名とか豪商相手に、いわゆる「西洋渡り」のおもちゃを商う玩具商で働いていたっていうんです。

そこで、「眼鏡絵《めがねえ》」っていうものを知るんですね。写真のような遠近法で描かれた絵を、単眼の眼鏡を通してのぞくと、ものすごく立体感がある。遠近法で正確にデッサンをしたものを片目で見れば確かに立体的に見えます。これが当時高級な玩具としてもてはやされた。つまり、円山応挙は遠近法について知識があったんですねあの時代に絵描きになって、円山応挙っていう人がもっとこう、山っ気があって人を驚かすのが好きだったらもっと当時として変な絵をいっぱい描けていたんじゃないかと思うんだけど、あんまりそういうことをしてない。で、さり気ないんだけどやるなァって思った絵があって、これ、池に氷が張ったところの絵なんですけど、亀裂だけを描いているんです。まるで抽象画みたいでしょ。

養老　うーん、渋い。

南　ちゃんと写真みたいに平面が描けてますね。もう一枚、侍が立ってて朝日が出てる。で、影が描かれてるっていう絵もあってこれもまァサラッと描いてあるんだけど事情を知らないとびっくりする。遠近法がわかってる人じゃないと、こう描けない。

今、ものすごく克明で写実的な絵が妙に流行ってるんですけど、ああいう絵描く場合ってたいがい写真を撮ってます。つまりこっちのやり方のほうがむしろ西洋式なんです。

印象派が出てきた時代っていうのは、写真が定着できるようになったので、肖像画の需要がなくなったとか、絵よりも写真のほうが珍しかったし正確だっていうことで、絵の価値が下がったんだとか、そこで印象派の絵が生まれたんだって今まで言われてたんだけど、それは印象派の出てきた理由とは違うんじゃないかなって思うんです。

自分が視点を動かさずに、写真を撮るときみたいに、ある1点から撮ったものが、実景を見てるのにすごく近いっていうふうに僕らは思い込んでるけど、じつはそうじゃないですよね。

今、こうやって絵を描こうとするでしょ、近景を描いてるとき遠景はボケてるんですよ。焦点が合ってないから。逆に遠くを見てるとき、手元はボケてる。それからカメラと違って自分の頭の位置っていうのもこう見るたんびにズレる。いつも同じように見るのってほとんどムリです。つまり、写真に写った様子ってじつは目で見てるののほんの一部なんです。ところが、写真を撮って、それを見ながら引き写すのは簡単なんです。

養老　もう絵になってますものね。

南　そうすると、河鍋暁斎みたいに、観察した末に、頭のなかで「こういうものだ」っていうふうに、するするっと絵にするほうが理屈には合ってるんですよ。

西洋の絵がなんであああいう発達をしたかっていうと、光学装置を使うと、ものすごくリアルに描けるっていうことがわかっちゃったからです。で、それ一辺倒になっちゃったんでしょうね。だから、そこから西洋の絵は、いわば特殊な発達をしたんだと思う。

光学装置を使うのは、素人の人から見るとなんだズルじゃないか、自分で描いたんじゃなくて、「写しただけじゃないか」って、なるんですけど、その「ズルの歴史」が西洋画の基本の技術なんです。でも、絵の方法がそんなふうに分かれていった下流で、両方の絵が出会ったときにお互いにすごくビックリするんですよ。西洋人はそれで印象派になるし、日本人は「洋画」が「本当の芸術」になっちゃう。

円山応挙はびっくりしたのかな。遠近法を知っても、絵に対する見方がガラリと変わったっていう感じがあんまりしないんですね。

いけない絵

南　日本人の律儀さっていうのは、絵描きなんかでもそうで、明治になって、ヨーロッパに行った黒田清輝とか、勉強したことがもう、そのまま出ちゃうんですね。で、今日は、ちょっと前の、高橋由一の絵を持ってきたりしたんですけど、高橋由一は油絵を知ってびっくりするんですよ。つまり、今までの日本画で描いていた絵とぜんぜん違う質感だったり、量感だったりが表現できるっていうのにびっくりして、それで一生懸命頑張るんですが、でも黒田みたいに西洋そのままの絵みたいにならない。基本がビックリですから(笑)。でもって、油揚げと焼豆腐とか描いたりするんです。ものすごく写実的に(笑)。

一方、黒田は裸の女の人が3人いて、寓意画っていうらしいんだけど、「観念を女体で

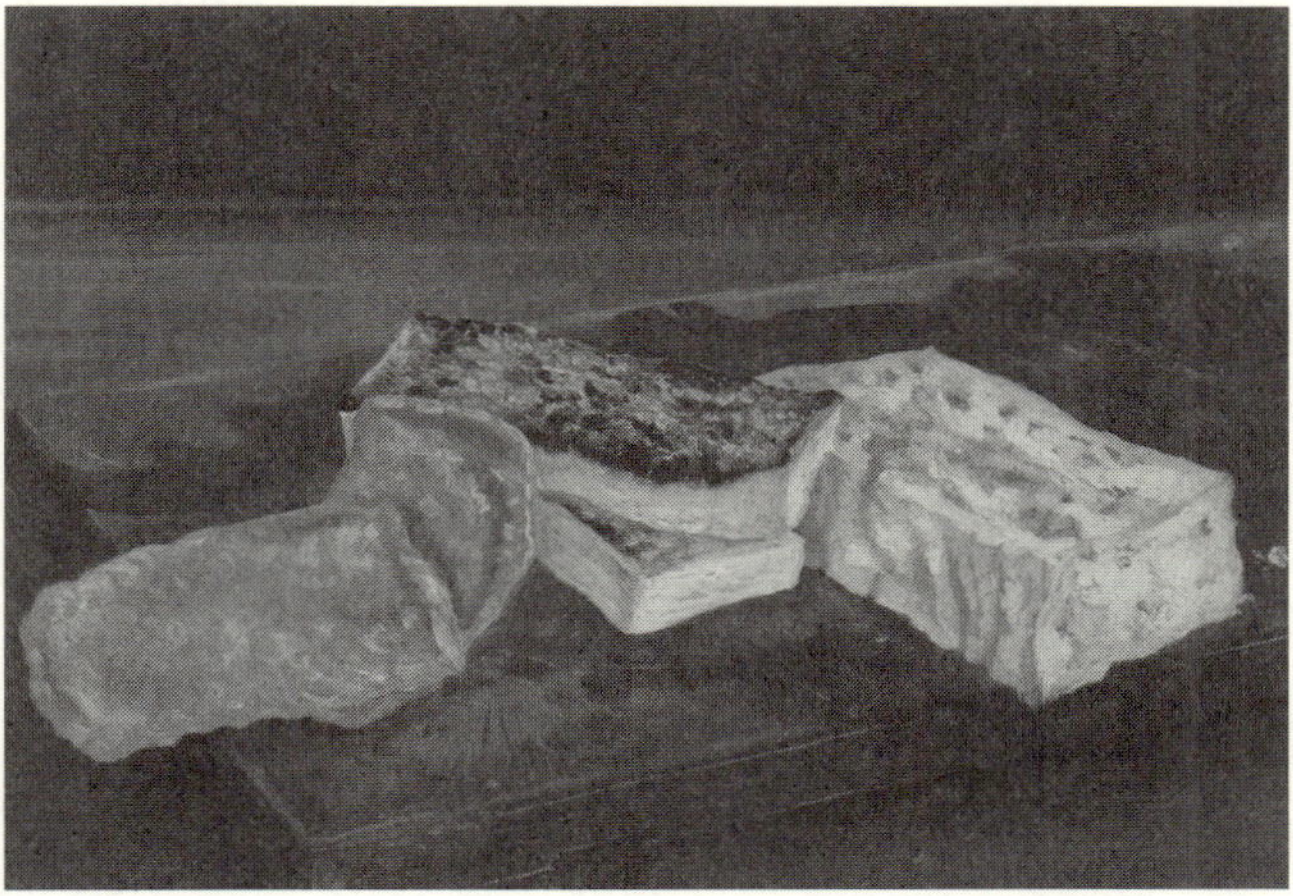

豆腐
1876-77
高橋由一
所蔵：金刀比羅宮

墨田堤の雪
1876
高橋由一
所蔵：金刀比羅宮

表す」っていう。え？　なにそれ、どういうこと？　って思うんだけど、ヨーロッパじゃ当たり前のことだったらしいんですね。とにかく「女体で表す」（笑）。

日本にいきなりそれ持ってくるんですよ。向こうで勉強したから、「絵っていうのはそういうふうにやらなくちゃいけないものだ」っていう考えなんだろうけど、日本にも、もともといろんな絵があったわけじゃないですか。ヨーロッパ人は、その日本がいろんなこと、勝手にやってるのを見て、びっくりしちゃっていて、そこから近代絵画が始まってるんですよ。だけど、同じ頃、ヨーロッパに行った黒田清輝は、向こうの人の絵の描き方が本当で、本場はヨーロッパだと思ってるわけです。絵に本場なんかないでしょ（笑）。

養老　ああ、この絵（『墨田堤の雪』）、「ヨーロッパじゃ、いけなかった」って知ってます？

南　え？　え？　いけなかった？

養老　やってはいけない。どこがいけないでしょう。

南　どういうことでですか？

養老　1本の木が「全部」描かれていない。神様が創ったものを、勝手にちぎってはいけないんです。

南　へえーッ。なるほど。

養老　木は全部、入れなきゃ（笑）。だから西洋の画家は日本画を見て、衝撃を受けたんです。日本画では「部分」を描いていいんだって。

南　橋桁が前景にこうあって、それ全部切れてて、向こうに遠景があるなんて、浮世絵じゃいくらでもある構図ですよね。神様に関係ない絵っていうのが、向こうにはなかったんですね。

養老　当時の西洋人はこれを見た瞬間に仰天する、「おおッ！」て、「絵ってこうやって描けるんだ！」って（笑）。

南　それ、すごいですね。あきらかにヘンでしょ（笑）。日本にもものすごい質感表現した絵はないわけじゃない。その場合でも、やっぱり影は描かない。着物の柄なんか、むちゃくちゃ細かく描いたりするんだけど。これもアッチから言わしたらものすごくヘン（笑）。

養老　頭の中の絵ですからね。

南　漫画も劇画になってくると、どんどん写真に近づいていって、今はほとんど、写真そのものみたいになってますけど。

養老　意識から感覚に近づくっていう過程では、最初はむしろ頭の中の絵から始まって、上から下へおりていく傾向があるんです。子どもって、車の絵を描くときに、「車の絵を描くんだから車と同じ大きさの紙をくれ」とか言うでしょ？

南　えーッ？　言いますか（笑）。

養老　でも、そうしないと、ほんとはおかしくない？　だから、解剖図で、影が描いてある解剖図になるほど「大きく」なる。大きさが現物に近づくんですよ。

南　あー、面白いですね。

養老　その影のないほうの絵は、輪郭線だけ描く。本当は輪郭ってないんだもの、あれは脳みそが作るんです。写真を見たらわかるんですよ。写真は、虫眼鏡で拡大したら、どこにも「線」なんかありません。全部、点だもの。それ、網膜なんです。

南　あー、そうか、網膜の構造なんですね。写真のように、片目になって1つ所にじっとして、ずうっと同じとこで見ているってものすごく本当は不自然ですよね。でも、写真はリアルだって普通の人はみんな思ってる。

ところが、写真と違って、日常感覚としては、いちいち、こう、ピントが合ってるのが普通なわけです。ぼやっとしてるところは見てないところだから。でも、おかしなことにぼやっとしたとこを描くと、とたんに空間の感じが出たりもするんです。

養老 そういう、感覚っていうことで言うと、前に話したかもしれないけど、昔から不思議だと思ってたのは、江戸時代に鳥寄せの名人がいてね。草笛を作って鳥の鳴き真似をして、そうすると鳥がやって来る。これって絶対音感なんですよね。

鳥の声と同じ音を出すには、耳でわからなきゃいけない。なんでこんなことができるのかなって思ったら、江戸時代の人って、そんなにおしゃべりしないよね。今の人は、朝から晩まで言葉を聞いてるでしょ、何かっていったらテレビをつけて。

江戸の人ってほとんど人の言葉を聞いてないと思うね、とくに田舎に住んでたら。親父だって、そんなにおしゃべりじゃないでしょ。おそらく、「うー」とか「あー」とか言って（笑）。

そうすると、鳥の声とかセミの声とか、そういうものしかほとんど聞いてないから、絶対音感が残る。

南　物真似の江戸家小猫さんて、我々がよく知っている猫八さんのお孫さんですが、その人が、動物園に行って、動物の声を実際に聞いたりして研究しながら、物真似をやってるんですよ。高座で、その動物園で覚えてきた鳴き声をやってみせて、「面白くないでしょ」って、言う（笑）。例えばキリンの鳴き声、知らないんだから、似てるか似てないか、わかんない。

養老　そうそう、最近、面白いと思ったのはジブリの短編映画で、少女が森の中を散歩していって、いろんな奇怪なものに会ったり、奇怪な魚に会ったりね、いろいろする、それだけの作品なんだけど、10分ぐらいかな。その時々に、風の音とか水のせせらぎとか、怪物の鳴き声とかあるじゃないですか、それをやってるのが全部、タモリなんですよ。

南　へえー。

養老　全部、擬音はタモリがやってる。タモリ、天才だな。

南　それ美術館で見る映画ですか。

養老　そう。ジブリじゃないと見られないやつです。

南　へえー、行ってみようかな。

淡々としている

養老　中国の絵なんかどうなんでしょうね。昔からなんかあるんですかね。

南　中国の昔の怪談を漫画にしたことがあって、そのときは、『水滸伝』とか、『西遊記』とかの、昔の線描きの挿絵を参考にして絵描いたんですけどね。

『水滸伝』の挿絵って、英雄・豪傑が出てくるんですけど、英雄・豪傑の大きさも、その辺の取るに足らないその他大勢の人も、みんな同じ大きさで描いてある（笑）。これが不思議だなって思った。山があると山をこう、描く力の入れ方と、その人物を描く描き方っていうのが、同じなんですね。

なんでなんだろうな、強調をしないですね、中国の絵っていうのは。なんか、「こういうものにしてやれ」っていう感じがあんまりないんです。淡々と描いている。春画なんかも、中国の春画って、日本の浮世絵の春画とかとぜんぜん違ってて。中国の春画っていうのは、ものすごくね（笑）、の〜んびりしてて、僕は好きなんですけどね。日本の春画の強調の仕方に、西洋人はびっくりした。

中国もヨーロッパの絵の影響を受けて写実的な絵を描きだす時期もあるんですけど、なんかやっぱり違う。清朝の頃の中国人の絵の、その変な、いわば、下手くそな感じの面白さを、西洋人は面白がったんじゃないかと。

お土産にそういう、例えば中国人の働いている姿とかを、西洋風の陰影を付けた絵で描いたりしてる絵。お土産になったっていうことは、そのエキゾチックな感じが面白かったんでしょうね。

日本にもそういうものが入ってきてるし、ヨーロッパの版画なんかも入ってきた江戸時代に、そういう写実的な、いわゆる今、僕らが思う「写実的な絵」を北斎も描くんですけど。

川原慶賀《かわはらけいが》っていう絵描きが、長崎の出島でシーボルトのために絵を描きます。この川原慶賀と北斎と、その北斎の娘のお栄《えい》っていうのも知り合いになってて、じつはお栄が描いた絵とか、北斎が描いた絵も、シーボルトのコレクションにだいぶ入ってるらしいです。

その絵の感じがね、なんかそのまんま「西洋風」っていうんでもなく、その「中国が西洋から影響を受けた絵の、さらに影響を受けている」みたいな感じなの。

川原慶賀の絵っていうのがとっても律義で真面目なんだけど人の好さそうな独特の味がありますよ。

味っていうことでいうと、ピカソがいわば写実的な絵に飽きて、訓練を受けてない人の絵に、むしろ自分が描きたいものとか、感じてるものに近いものを感じたのか、わかんないですけど。写実的に描くっていうのが、そんなに面白くなっちゃうっていうのが、面白いよね。

養老　ピカソのあのキュビスムの絵はね、空間認識の壊れた患者さんの絵とまったく同じだっていう医者がいますよ。だから、天才っていうのは脳が壊れてないのに、壊すことができる人。機能的にね、そこを一切使わないと、ああいう絵になる。でも、中国の視覚芸術って、なんなんですかね。なんか文化的にそういうものを禁止するのがあるんですかね。

南　ああ……。

養老　ようするにね、中国の偉い人ってね、手を使わないんですよ。

南　はい、はい。

養老　人を使うのが偉い人（笑）。どうしても絵描きさんとか、自分の手を使うじゃないですか。これはね、下層階級であると。虫なんかもそうで、時々、中国人で「虫を集めてます」という人がいるんだけど、必ず奇形を集めるんですよね。「これは普通じゃねえよ」っていう、変わりものを集める。不思議な趣味ですよ。

南　ああ！　そうですね。金魚とかも、ものすごく極端なのにしちゃいますよね。

養老　そうそう。琉金、出目金の類になっちゃうからね、中国人がやると。

南　変わってるものが好きって、なんですかね（笑）。

養老　退屈してるんですかね。

南　変わってちゃいけないっていう締め付けもあるんですよね。中国の怪談がそもそも、論語の「怪力乱神を語らず」って、その「変なものに興味を持つな」っていう考え方があった反撥で、集められたみたいなものなんだけど、変な話ばっかり（笑）。

養老　様式的に完成させようっていうのとは違うんですよね。南さんが描いた中国の不思議な物語はみんなそうで、あれ、答えがないんですよね。投げ出した形があって、で、「どうだ、不思議でしょう」っていう。なんとも不思議だよ。

南　ああいうのを中国の人が、ほんとに好きだったかどうかも、よくわかんないんですけど（笑）。

第四章 0と1の間

コピーの社会

養老　『源氏物語絵巻』なんかもそうですけど、複数の視点が1枚の中に描かれているんですよ。上から見たり、横から見たり、それは西洋の絵画でもあえてやっているんですね。ピカソの顔の絵が典型的ですけど、「横から見た鼻」と「前から見た目」を、同じ顔の中に放り込んじゃってるっていう。ああいうのは昔は当たり前、中世のヨーロッパの宗教画はそうなんです。地上の群衆と天上の神々が、同じ画面の中に入ってる。

日本の立山曼荼羅《たてやままんだら》なんかもそうで、大勢、仏様が描いてあったり、折檻されている子どもがいたり、戦場が描かれていたり、複数の時間と空間が同居しているんです。でも遠近法はある空間の1点から見る、それしか許さない。視点の分散を許さなくなった。

じつは今、絵でなくとも、世界では、ずうっと南さんが一生懸命説明してくれたことと同じことが起こっていたんですよ。

同じことだって言ったのは、コンピュータが典型だけど、これを、全部0と1でやってるんですよね。コンピュータっていうのは、中に入れているものは全部、0と1なんですよ。

南　ああ、デジタルで。

養老　デジタルです。デジタルってどういうことかっていうと、すべてのパターンを0と1で書こうとするし、書けるんです。どうしてそうするかっていうと、コピーを突き詰めていくから。

コピーって同じものを作るわけでしょ。コピー機や印刷機を使うのは、原始的なコピー。これ、オリジナルと少しずつずれるわけで、一枚一枚が、個性を持っちゃう。アナログなコピーっていうのはコピーじゃないです。

だからそれを「そんなことないようにしようよ」「じゃ、いったいどういうふうにしていけばいいんだ」っていうことで、ぎりぎり詰めていくと、全部0と1のパターンに変えちまえばいい。

とにかく西洋の考え方には、非常に極端に、1つの基準によっていく傾向があるんですね。空間の視点を1個にして遠近法にしてしまえって、絵の話と同じでしょう？　ようするに今の社会っていうのは、じつはなんのことはない、0と1で詰め切ってるんですよ。アナログだったテレビが全部、デジタルになったでしょ。「テレビを全部デジタルにしよう」って国民投票をやったわけじゃないだろって思うんですよ。

でも、あれは、ああなる必然なんです。ようするに、すべて0と1で行こうっていう。

南　なんでそうなったんですか。

養老　アナログだと、どんどん型くずれするからね。NHKのアーカイブが大変だから（笑）。0と1で撮っておきゃ、いつも同じものが作れるでしょ。

南　なるほど（笑）。

養老　それがコピーの社会なんですよ。0と1の社会。それは神経回路の社会なんです。神経回路っていうのは、神経細胞がつなぎ合わさって出来ている。回路の中に入ると、個々の神経細胞っていうのは2つの状態しかとれません。ユニットになると、0と1しかとれないんですね。それを組み合わせていったものが、アルゴリズムです。今は全部、アルゴリズムで書ける世界になりつつある。

南　1点から見るっていうのは、本当はものすごく不自然なことなんだけど、それが普通だと思いますよね。

1点でカメラのように写すんじゃなくて、こう、動きながら見ていくと、情報量がものすごく大きくなってる。運動ってのが脳の発育にとって大切だって先生仰ってましたね。ピカソが立体派とか言いだしたっていうのも、そこまで理屈で考えてたわけじゃないでしょうが、なんか自分が見てるのは遠近法みたいな静的なもんじゃないっていう実感があったんだと思います。そうして、「なんか違うな」と思ってること、ルソーの絵だったりとか、「ものすごく下手」ってみんなが思ってるような絵が、なんでこんなに魅力的なのかっていうところが、ピカソの中でつながったんじゃないか。

そういう意味でいうと、こういう画家たちは、ちゃんとそれを絵に出来てた人なんですよ。

無限の数

養老　今僕、「横浜トリエンナーレ」の構想委員っていうのをやってましてね、このまえ、「アートは0と1の間にある」っていう話をしてきたの。0と1の間には無限が詰まってるんですよって話でね。これが面白くて。

神経回路網からみれば個々の神経細胞は0と1になるんだけれど、神経細胞を1個、回路から外してみると、面白いことに、0と1の間に無限の階層があるのがわかっちゃう。なぜかっていうと、その細胞は今、休みの状態にあるか、興奮するかでしょ。

でも、じつはこれ一発で切り替わるんじゃなくて、化学物質の溜まり方っていうのにもよるんです。休みの状態から興奮する状態までには無限の段階があるんです。

南　神経回路の話で、こう、シナプスがあって、そこで最初、「電気信号でその神経っていうのが」って聞いたときは、「えっ、電気なの？」と思ったんだけど、間にこう、じわっとね、液体というか、物質が絡んでくる、そこでものすごく納得したんですね。「電気信号が」って初めて聞いたとき、一番びっくりしたのは、「えっ、発電所はどこにあるんだ」って（笑）、「差し込みはどこ」ってことだったんですけど（笑）。

その伝わり方とか、例えば、自分で眠気がしてきたとか、気持ちよくなってきたっていうときの実感って、オン・オフっていうより、こう、じわっと来るものがあるぞっていう、それは実感がある。

養老　そうなんですよ。しかも1個の神経細胞で多いものなら何千ってシナプスを受けていて、それもプラス方向、興奮させるように働くものと、マイナス方向、興奮を抑えるように働くのと、両方来てる。

その「総和」として1個の神経細胞がオンになるか、オフになるか。総和でオンになるんで、だから総和がそこまで行くまでは、「ぎりぎりオンになりそうかな」なんて、ずーっと言ってるやつ、いるはず（笑）。

南　もうここまできてんのに（笑）。

養老　ある閾値《いきち》を超えると、ポンと行くんですよ。そこから興奮する。だから、実態はアナログになっちゃうんです。そこで分子の数まで数えなきゃならなくなるから、分子の数まできちんと数えられれば、そこでまたデジタルになるんですけどね。デジタル、アナログ、デジタル、アナログって、階層的になってるんですよ。だから、その0と1の間に無限が入ってるでしょって考えるんです。

例えばね、1本の数直線を引いて、ここが0、ここが1って数字を振っていきますよね。この0と1の間に、どのぐらい数が入ってると思います？

南　えっ、どのぐらいって。1億ぐらい、すか？

養老　まだまだでしょ。

南　まだまだ（笑）。

養老　当然ですよ、だって、0と1の間に無限に入ってるじゃないですか、数なんて。

南　その無限の話をしたら、いつもわからなくなるんですよ。無限の大きいのと、小さいのってインチキじゃないですか。限りがないのが無限なんじゃないのって（笑）。

でも最近は、その無限の「間」飛ばして、生きちゃってるんですね。

養老　ほとんど飛んでるよ。なのに本人はそう思っていない。それが、人間の意識なんだってことです。

卵の中

養老　こうやっていろいろ話していたら、やっぱりアートは0と1の間だって、面白いなと思ったんだよ。0と1の間のほうが「本当」なんですよ。世の中のほうがおかしいんだ。世の中っていっても、世界の部分だからさ。

これはちょうど「正の整数だけが数だ」って言ってるのと同じですよね。でも、正の整数だって、1と2の間になんかあるだろうっていったら、「1・15」「1・25」「1・35」、ずっとありますよ。「ルート2」だって入ってる。

デジタル時計とアナログ時計ってね、そこが違うところ。デジタルだと、循環がよく見えないんですよね。どっかで「0」に戻るんだけどさっていう話なんだけど。

南　それこそ、時計って日時計ですもんね。日時計はこう、回っていく。

養老　数学者の森田くんに、僕、聞いたの、人間の脳は有限のはずなのになんで無限って「考えられるのか」。いまだに不思議なんですけど。

南　ああ、それですね。僕なんかの無限のイメージって、数学的な無限はぜんぜん実感なしで、遠くに行くと物が小さく見えるじゃないですか、これがまず、僕の無限のイメージなんですよ。

だから、数学の無限ってわかんないっていうのは、その自分の持ってるイメージと、その無限っていうのの違いなんですね。遠ざかるとこう、ずうっと小さくなって見えなくなってるけど、どんどんそっちまで近づいてけば、ちゃんとあってまた、向こうのほうが小さく見えなくなってる。

メリーミルクって粉ミルクがあって、その昔の缶のラベルにね、メリーさんって女の子が缶を持って、S字型の道をこう、歩いてくるってとこが絵になってる。その中にも、その缶の絵が描いてあって、その中の缶の女の子も、その缶を持ってるわけ。

観念としては、いくらでも、もうずうっと奥まで行ける。実際にはすぐ見えなくなっちゃうんだけど、この缶の中にはまた缶が描いてあるはずだからって、それを考え出すと、寝られなくなっちゃうって（笑）。

養老　これ、学問の世界にもあったんですよ。生物学でね、「卵の中には将来の親の成分が入ってる」っていう考え、これを「前成説」といいます。

逆に、「入ってない。後から出来てくるんだ」っていうのが、「後成説」。この前成説がダメだって言われてしまったのは、つまり、卵の中に将来の親が入っているとすると……。

南　自分も卵の中に入っている。

養老　しかも、その子どもも入っているはずだから。「その子どもの中には」っていう話になって、また、将来の……って（笑）。

じゃあ、実際はどう片付いたかっていうと、「遺伝子」っていうことで片付いたんですよ。ここには、将来も入ってるんだ、一応、遺伝子という形で。

だけど、それだけじゃない。その遺伝子がいわば、まさに展開して、親が出来てきますから。そうすると、後から出来てくる部分もたくさんあるわけで。まあ、よくわかりやすく「設計図が入っているんだ」とか言うけど、これもまた、おかしいですけどね。

南　設計図の中に、将来の子どもの設計図が入ってる？

養老　そうなっちゃう。それで、どっちが正しいとか、どっちが間違ってるじゃなくて、中間に落ち着いたんですよね。正解というのは、ある意味で「前成説」。遺伝子は決まっているものがたくさんあるんだから、「決まってるじゃん」って話でしょ。

でも「目の色が黒くなる」って決まっているからって、遺伝子に「黒」って書いてあるかっていうと、書いてないんだよね。

違う世界

養老　世界とか自分とか、我々、わかったつもりでいるけど、当てになりません。例えば、右脳の壊れた人って、ものすごいめちゃくちゃな理屈を言うんですよ。

南　左脳だけで生きてると、そうなるってことですか。

養老　「左脳だけ」っていうのも乱暴な言い方なんだけど、本来は左右両方でやっていた人が、右脳の機能が急になくなると頑固な理屈を言う。

「半側空間無視」っていう右脳障害ですから左側はなんともないわけで、左側に言葉があるから、言葉のやり取りは不自由ない。

それでね、「時計を描いてごらんなさい」って言うと、丸を描いて、1から12を右側の

30分のスペースにきれいに納めるんですよ。左半分には何もない。どうして丸が描けるかっていうと、丸には左右がないからね。「鼻を描け」っていうと、なんとね、右半分だけ描くんだから。おかずをいくつも置いてね、ご飯を食べ始めると、右側だけ食べるんですよ。

南 右側しか見えてない？

養老 見えてないじゃない、左側が「ない」。普通の人には「左がない」っていうのはわからないでしょ。その人にとっては、「左」っていう概念そのものが存在していないんですよ。「病態失認」っていうんですが、本人には、麻痺してるっていう意識もない。だから、医者に「拍手して下さい」って言われるとどうすると思います？

南 えええーッ、片手だけで……。

養老 そうです、左手は出さなくて、右手だけでやるんです。音なんか鳴りません。でも、けろっと「拍手しました」って。

南 へえー、不思議ですね――。

養老 その人ね、片側の耳に冷たい水を入れてショックを与えると、瞬間的に治るんですよ、30分ぐらい。治ってる状態で「拍手してください」って言うと、なんて言うと思う？「先生、私は半身が麻痺してるんですよ、拍手できるわけないでしょ」ってちゃんと言う。

南　へえー。

養老　いったん脳が壊れてみたら、世界や自分なんて、ぜんぜん違うものになります。わかってるのか、わかってないのか、わかったものじゃないって、よくわかる（笑）。

南　そうですねえ。

養老　そんなことばっかり調べていくとさ、0と1できれいにわかろうとしたって、これくらい当てにならないものはないって（笑）。俺、解剖とかやって、ましだったと思うのは、死体がボンと出てくるでしょ、あれ、0と1にならないもの。死体って完全にアナログでしょう。あれは医者にとって非常にいい訓練になると思います。

南　具体的にありますからねえ。

養老　人間が何かやるっていうのは、結局、0と1の「間」でやるっていうことなんだから。0と1の間に注目すると、どんどん世界はわからなくなって、その分、豊かになってきますよ。人間が生きてるって、そういうことでしょう。

これを機械にやらせると、間が消えちゃう。僕、今日、この場所へ、南さんと話すために来ることになってたけど、それまでの間、いろんなことをしてますもの。

これ、機械でやったら、「来る」で、一丁終わり。さあ、来るか、来ないか、どっちかみたいな（笑）。

南　今回の対談のテーマは0と1ですかね。

養老　デジタル、老人の壁（笑）。

南　略してジジタル（笑）。

養老　アートとか、人生とかね。そういうことを考えると、だんだん、「あれ？」と思ってね。生きてるって、はたしてどういうことかって、こんな馬鹿みたいなこと、いい年になって考え直してみたりしてね。

第五章 謎の生態

高橋さん

養老　最近ね、僕、よく思うんです。生態系とか言われるんだけど、「生態系」っていうもの、誰も見た人いないんだよね。ばい菌からさ、ミミズから、その上にいる生物全部含めて生態系って言ってるんだから、そんなもの見えないんですよ。徹底的に抽象的な概念なんですね。

2、3年前だったかな、北海道でマイマイガが急に増えたんです。マイマイガがどーんと増えれば、それを食ってる鳥が、「ああ、今年は食料が豊富だ」とかって、集まってきて、またマイマイガがどんどん食われて、何がなんだか、わからないなあって。最近、とにかく相当に変動するんですよ。

南　毎年のように異常気象って言われますね。

養老　異常が当たり前になっちゃって。だから、基準がないっていう感じですね。昔は安定してたから、「まあ、だいたいこんなもの」っていうふうなところがあった。今はもう、「京都の紅葉がたぶん12月でしょう、今年も」とかいう話なんです。

南　虫の、その、「これが、いなくなった」とか、「まだ、出ない」みたいなことでいうと……。

養老　虫もね、割合きちんとしてるのは、セミなんかそうなんですけどね。「鳴き出すのがいつか」とか、最近、かなりぐちゃぐちゃになってきた。やっぱり、虫も困ってるんじゃないですか。でも、ぐちゃぐちゃになってるって思うのは、僕が昔を知ってるからでしょうね。僕の知っているものが、本当に基準なのかっていうと、それも最近、疑ってるんです。

僕、須賀川（福島県）のムシテックワールドってとこで、毎年9月に子どもたちに虫捕りをさせてるんです。そんな広くない、庭みたいなところなんだけど、その小さい範囲だけで虫捕りをさせて、捕ってくるものを僕が見て、「これ、何だろう」「あれ、何だろう」

とか、いろいろ言ってるんだ。

するとね、捕れるものが、毎年、相当にずれるんです。9月に捕れる虫が、毎年本当に、極端に違う。でも逆にね、「こんなものなのかな」とも思います。毎年同じ虫を捕るとか、そういう退屈なこともしたくないしね。

毎年コンスタントにいるものもいるし、滅多に捕れない、何年に1度しか捕れてないものもある。去年いっぱいいたって、今年いないとか、そういうのがあるんです。去年いなかったのに、今年出てきたというのは、去年、よく見てないいんじゃないのって（笑）。

南　たまにしか捕れないものは何ですか？

養老　いやそれが……わかんないんですよ。

南　名前がわからない？

養老　いや、名前はわかってるんだけど、日本中どこへ行っても、あんまり捕れない。だけど捕れる。

南　捕れる？

養老　いや、たまに、1回だけ捕れるとか。そんな感じで捕れる。

それ、タカハシトゲゾウムシっていうんだけど、変な虫なんですよ（笑）。桜の木に付くんだけど、天然記念物の巨木の桜とか、そういうんじゃないんだよ。公園とか学校とかの普通の桜の木に付く。

南 それなら、もっと捕まえられそうな（笑）。

養老 それがね、植えたばっかり、植えてから2、3年の桜ばかりに付く（笑）。でも、なんでそんな桜に付いて、何をしてるのか、皆目わからない。しかもその同じ仲間がビルマからバリ島にまでいるんですよね。形が独特だからすぐわかるんだけども。

南 名前からすると、ゾウムシ？

養老 そう。ゾウムシ。トゲゾウムシ。あるときね、桜から捕れたんですよ。桜だったから、捕れてもいいんだけど、その後、どこに行ってもぜんぜん捕れない。そういう桜には、時々はいるものなんだけど。

南 キマグレトゲゾウムシですね（笑）。

養老 これ、ゾウムシに関心のある人はみんなね、知ってるよ。なんでいねえんだ、桜を食うやつなら、いくらいたっていいじゃねえか、そんなものって（笑）。おそらくね、「何か」が増えないようにしてるんですよ。いや、増えないようにしてるっていうのもおかしい。ようするに「100匹も200匹も出てくる」っていうようなことがないんです。だから、どこへ行っても数が少ない。僕、ラオスのも、バリのも、持ってますけど、だいたい1匹ずつしかいない。そういう所へ行っても少ないんです。

南　少ないけど、いるんですね。

養老　いる。非常に広くいる、アジア全体に。

南　なんかいいですね（笑）。

養老　謎。

南　ナゾトゲゾウムシ。発見されたのは、いつ頃なんですか。

養老　いつですかね、あれもね。まあ、あれね、名前を付けたのはね、北大のね、有名なゾウムシの先生なんだけどね、河野《こうの》（広道《ひろみち》）さんっていう人が付けた。

南　えっ？　河野さん？　高橋さんじゃなく（笑）？

養老　河野さんが、高橋さんという人が捕ったものに、タカハシトゲゾウムシって付けた。たぶん（笑）。河野さんが生きておられた時代だから、当然ですけど、戦前かもしれないですね。調べてないけど。

南　タカハシっていう名前がいいですね。タカハシトゲゾウっていう色黒のおじいさんみたい（笑）。

養老　足の形がすごくてね。誰が見ても、これの仲間ってわかるでしょう、こんな格好してるんだから。「なんだ、お前、その足は」とか言いたくなる。

南　なんで、ですか。

養老　わかんない。

南　わかんないですか。おかしい（笑）。

トゲがある

養老　虫っていうのは、こういう謎ばっかりですよ。このまえ、千葉で種苗場《しゅびょう》をやってる人が、うちへ来てね。種苗場っていうのは、苗木を育てていろいろ売ってる商売。大きな種苗場があって、そこに虫がいる。とくにね、ムネアカセンチコガネっていう、けっこう格好のいいコガネムシがいて、そいつの生態を調べてるっていうんです。そしてついにね、幼虫を見つけ出して、生態がわかったんだって。

キノコを食ってるんだ。それもね、ただのキノコじゃなくて、地中のキノコ。トリュフってやつですかね、トリュフみたいなキノコ。日本にもあるんだけど、親がそれを食っていて。それでね、完全にね、穴を掘り出したの。ムネアカセンチコガネが産卵する穴を。

そうしたら、深さ「80センチ」だって。

南　ずいぶん深いですね。

養老　あんな小さいのが80センチも掘る。彼の種苗場、表面の50センチが黒土で、そこから先は関東ローム層。関東ローム層まで30センチ、掘り込んで、そこで細長い卵を産む。産むと卵が水を吸収して膨らんで、親と同じくらいの大きさになる。そこから幼虫が生まれて、もう、そのまんまサナギになって親になっちゃう、何も食わないで。それで、親になるとキノコを一生懸命食って、栄養を貯め込んで、また、穴掘って、でかい卵を産んで。1匹ずつ育てるセンチコガネは糞《クソ》にも集まるので、セッチン（便所）からセンチコガネになった。そういう生態なんですよ。

南　ああ、セッチン。

養老　もう1つは、アカマダラセンチコガネって、もっと珍しいのがいて、これも彼の種苗場にもいます。ところがね、普通に「センチコガネ」っていうのもいるんですよ。そこら辺、ブンブン飛んでますよ。東京にもいると思う。ごく普通にいるんです。こいつも、キノコを食うし、いちおう穴は掘るんです。でもそこにはね、子どもがいない。何が言いたいかっていうと、その普通にいるセンチコガネの生態が、わかんない（笑）。「お前、子どもをどこで育ててるのよ」って。千葉の彼に、頑張ってもらうしかない（笑）。おそらく同じような生態なんだけど、センチコガネは、ムネアカよりもっと深い穴を掘るんだか、それとも……って。でも、ごく普通にいるんですよ。僕ら、子どもの頃からよく知ってる虫で。虫の謎って、きりがないんですね。何もわかってないです。

　卵から生まれてそのままサナギになって親になるっていうのはね、時々あるんですよ。幼虫の時代を省略しちゃうんです。古くから知られているのは、メクラチビゴミムシがそうで、地中に住んでいる、目のないゴミムシなんです。

南　メクラチビゴミムシ!!（笑）

養老　ひどい名前でしょ（笑）。

　メクラチビゴミムシっていうのは、国立科学博物館にいらっしゃった上野《うえの》俊一《しゅんいち》さんっていう大先生が付けたんです。お父さんは上野益三《ますぞう》さんという京大の大先生。昆虫、とくにメクラチビゴミムシが専門で、他にもいっぱいいね、新種に名前を付けたんだ。上野さんは僕よりも6つか7つ上で、もう大変なお年寄りなんですよ。それでもね、上野さんの目の黒いうちは、その「メクラチビゴミムシ」は変えられない。

南　世間体があるから、ほんとは変えたい（笑）。

養老　だいぶ、大ボスで（笑）。上野さんが、断固ダメなんです。でもまわりが、もうじき上野さんがダメになるから変えちゃおうって、ごそごそやって。俺、「そういうやつ、銃殺だよ」と思ってね。とんでもねえ。今の人ってそうでしょう。ボスにケンカも売れないんだよ。俺だってこれはもう、断固、メクラチビゴミムシで通そうと思う（笑）。

南　名前が変わったってね。

養老　別に虫、怒ってねえもの。

南　そうですよね、虫は怒らない。

養老　「メクラ」がいけねえのか、「チビ」がいけねえのか、「ゴミ」がいけねえのか。全部、いけねえ（笑）。

南　あはは。いいなあ、全部いけない虫（笑）。虫の名前、あの、面白いのありましたね。

養老　トゲナシトゲトゲっていうのがいるんですよ。

南　ああ、それです。確か、一番最初に「トゲトゲ」がいたんですね。それで、トゲナシのトゲトゲが……。

養老　見つかちゃってね。そしたら、その「トゲナシトゲトゲ」の中にトゲのあるやつがいたんだ（笑）。

南　トゲアリトゲナシトゲトゲ（笑）。

養老　わかるでしょう。

南　略してトゲアリじゃダメですか？

養老　よくないんだよ、あれは、「トゲナシトゲトゲ」の仲間。

南　ああ、はい（笑）。

養老　「トゲトゲ」が一番広い仲間。その広い範囲の中に「トゲナシトゲトゲ」がいて、その「トゲナシトゲトゲ」っていう範囲の中に、トゲのあるやつがいる。

南　まず「トゲのあるやつ」の範囲っていうのを、作ればいいって気がするけど、それは違うんだ（笑）。

養老　違うんですね。

中身が違う

養老　形のよく似た虫が、系統の上では違うグループっていうことがあるんです。これ、遺伝子を調べないと、外見だけじゃわからないんですね。系統関係がまったく違うんですよ。

「あっちの家のひ孫と、こっちの家のひ孫がそっくりになっちゃった」っていう状況で、「なんで、こんなになっちゃったんだよ」って。虫なんて、特徴が極端でないと似ちゃうんですね。

南　環境もあるんですかね。

養老　1つは環境適応でしょうけど、たぶんもう1つあって、作れる形って比較的決まってるんだと思うんです。

これは、遺伝子一個一個の問題じゃなくて、ゲノム全体の性質です。最近、あるゲノムが特定の形しか作れないっていうことが、研究でけっこうわかってきましてね。なんでわかってきたかというと、日本人ってクワガタを飼うのが好きで、いろんな工夫をしてクワガタを飼うじゃない。そうするとね、飼い方でいろんな形のが、出てきちゃうんですよ。

南 へえ！

養老 でもね、いくら増えても例えば7つまで。7つのパターン。世界中のクワガタを見ると、7つの型のそれぞれが、同じ属の中で、別の種になってるんですよ。でも、ある特定の種類からミヤマクワガタみたいな形が出てきたとして、でも、ミヤマクワガタって、ちゃんと別にいるじゃないですか。もちろん違う種類だってことは、丁寧に見ればわかる。「属」って人間が勝手に、似てるやつをひとまとめにしているわけだけど、じつは外見だけじゃないよってことです。

人間だって、0・2ミリの受精卵からここまで来る途中のプロセスって、めちゃくちゃ複雑ですよ。その過程をいじれば、いろんな形が出来るかもしれませんよ。

南　人間で？

養老　出来ますよ。たぶん。同じ遺伝子を持っていてまったく違う形が出来るのは、単眼症です。一つ目の奇形。

なんで僕が、そんなことを直感的にわかるかっていうと、結合児の標本があるからです。頭の後ろ、背中とくっついちゃって、だから、手足は8本あって、顔が両面にある。片方の顔は普通で、もう片方の顔が一つ目なんですよ。で、同じ個体ですから、遺伝子は同じでしょう。だけど、顔は2つ。一つ目もとれるし、普通のほうもとれるんですよ。

ここで、人間のゲノムが作り得る顔の形って、最低2つあることがわかる。1つは、一つ目。もう1つは、普通の顔。じゃあ、なんで一つ目の人がいないかっていうと、あれは生きないからね。いろんな問題がありますから。

南　作れる型があるっていうのと、どんなのを作れるのかっていうのは……。

養老　そう、そこがまだ、ぜんぜんわからないです、コンピュータが非常に発達しても、それ、なかなか難しいんじゃないか。面倒くさすぎて。それを、コンピュータでシミュレートできるかっていう話なんですよ。

生物は何億年もかけて、ここまで持ってきたんだから。普通の人は、受精って、卵がありゃ、子が出来ると思ってるんだけど、まあ、それはその通りなんですが。だけど、「どうしてそうなんだよ」って、調べ始めた途端、もう、ほんと悩ましい（笑）、普通は子どもが育って、親になると思ってるでしょ。「どうしてなんだよ」って真面目に考えたことないでしょう。

南　タカハシさんの謎も。

養老　そう。「なんでタカハシトゲゾウムシ、桜にいるんだよ」って、いまだにわかんない。あんまり捕れてないしね。

南　で、その、例えば、日本以外の東南アジアは、桜じゃない。

養老　いや、まったくわからない。たぶん、桜ですよ。それで、僕はブータンの桜が気になってるんだけど、11月に満開になるんですよ、それ、ふざけるなって思いません？　それも10月に若葉が出て、ひと月で一気に満開。タカハシトゲゾウムシはどうするんだよ（笑）。

栗樫っていう木があってね、栗みたいな実がなるんです。ブータンに行ったら、花が咲いていたんですね。それで、木をよく見ると、実もなっていてね（笑）。日本だったら、6月に花が咲いて、秋にイガイガの実がなるじゃないですか。あそこじゃ、花と実が両方いるんだよ。「どうするんだよ、お前ら」って（笑）。

南　枝ごとに自主営業（笑）。

養老　そういうところが面白いんですよ、自然って。僕ら自然界の田舎者は、決まった場所しか見てないから、きれいに季節は動くんだろうとか思ってるけど、別の場所へ行くと、話がぜんぜん違っちゃうんですね。

南　そうなんですかー。

養老　虫なんかはね、生態がわかると、普通種になる可能性があります。人間が見てない場所で増えてる可能性があるからね。

カミキリムシなんか、飼うのが盛んになって、これも、どうやって飼うかっていうと、だいたい食べる物、木が決まってるんですよ。その木の枯れ枝を林から切ってきて、茶箱とかね、ビニールの袋に入れて取っておくの。すると夏になったら、勝手に出てくるんですね。

枯れ枝を持ってきたら、野外でほとんど見ないカミキリが捕れるんだから、いかに我々が、見てないかってことなんです。自然って広大なんですよ。我々がうろうろ歩いている範囲って、たかが知れてるじゃない。

南　そうでしょうね、そうじゃなくたって、ロクに見てないし。

養老　人間アホだから、ほんの一部しか見てないんです。

第六章 現代の問題

仏を運ぶ

養老　このまえ、放射線科の医者から「先生の本は哲学の本ではなくて、実用書ですよ」って言われたんです（笑）。というのも、最近は、患者さんが亡くなったときのデータを採るのに、解剖するかわりにＣＴを撮るんですね。そうすると、放射線の部屋まで死体を運ばなくちゃいけない。でも、病院は死体があっちゃいけない場所だから、病院の中を普通に運ぶなんてタブーなんですよ。

その医者が何を考えたかっていうと、「生きてるふりをして運ぶ」っていうの（笑）。そんなこと俺、書いたかなって思うんだけど、そうやってみたら何の問題もなかったんだって。時々、声がけしてね（笑）。

南　これからCT撮りますからね、しっかりして下さいね（笑）。

養老　医学の世界には、亡くなった人をどう扱うかっていうルールがないんです。教授時代にね、怒られましたけど、女子医大で古くなった骨の標本がまとめて段ボールに入って廊下に置いてあるっていうのが、新聞ダネになったんですね。じゃあ、「骨ってどこに置きゃいいんだよ」って僕は言ったんだ。「骨の置き場が決まってるのか」って。

死体の扱い方をどうするかって、僕が経験的に導き出した結論は、「患者さんと同じ扱い」。以上、終わり。病院には、口もきけなきゃ動けない患者さんたちもいる。それと同じ扱いをするべきで、それ以上でも、それ以下でもないでしょ？

日本人には、「死んだら最後、別なもの」っていう感覚が必ずあるんです。それが隠語になって、「仏《ホトケ》」になったんだからね。轢《れき》死体を「仏」と言い、殺人事件の被害者を「仏」と言い、これ、差別用語です。「人間ではない」って言ってるんだから。

だからといって、「仏なんだから、仏の扱いをしろ」って言われたら、たまったものじゃありません。仏の扱いって知ってます？

南　え？　どういう。

養老　ブータンではね、大蔵経を運ぶとき、「お釈迦様が生きていたらこう扱う」っていう扱いをするんです。50人ぐらいの僧侶が行列を作って、最初に馬が3頭走って、そのあとに鉦《かね》や太鼓を打ち鳴らしながら、輿《こし》に乗せて、それを馬が曳《ひ》いて、粛々と運んでいく。

南　そんな行列が、病院の廊下を（笑）。

養老　ムリでしょう？　だから、人間の扱い方がおかしくなってくると、あの、19人殺した障害者施設の元職員なんか、ああいうのが出てくる。「こういう人たちが生きている必要があるのか」って、言ってたわけでしょ。

自分が毎日苦労をしていれば、「この人たちをどういうふうに人間として扱うか」っていうことを、具体的に考えるはずでしょう。僕がいつも思うのは、「本気でやってねえだろ、お前」、そういうことなんですよ。

南　でも、確かに、どんどんそういうの、増えてますよね。豊洲なんかも、なんか手続きが変ですよね。

養老　築地で店を出している人たちが考えているんだったら、もうちょっとましになったと思うんだけど、それを都がやるんでしょう。都の職員は給料をもらってるから。日本社会で今、僕が一番気になるのは、そこなんです。そっち側の、その給料をもらっている側の論理を突き詰めていったのが、「0」「1」社会なんですよ。

南　昔は、「サラリーマン化して」っていう言い方があって、それがサラリーマンを侮蔑してるみたいな感じになるからって、今は「サラリーマン化した」っていう言い方自体も、差別みたいな感じっていうか、もう、言わなくなっちゃったじゃないですか。サラリーマン化したくなくなったって、そういうことですか？

養老　そうです。

南　ＮＨＫで、「大工さん」とか「床屋さん」って言っちゃ、ダメなんですよ。大工さんっていったら、「建設業」って言わなきゃいけない。

養老　「言葉を換えてください」とかね、そういう記事を書いている人っていうのは、全部、サラリーマンですからね。だから、「こういうクレームをつけられたら困る」っていうことは、明らかに組織の都合。

だから、僕、「ＮＨＫが苦情を受け付ける部署を作ったからいけねえんだ」って言ってる（笑）。そうでしょう？　クレームが来るからって、「クレームが来るのは当たり前だろう」っていう話で、テレビは好きに見たり消したりできるんだから、クレームが来たら「見なきゃいいでしょ」って。

南　そうですよ‼

養老　きりがないんですよ。だから、でも、仕事に価値観を置くような生き方って、いつでもどっかに持っておかなきゃいけないって気持ちはあります。

いらないもの

養老　まだ現役のときね、台湾にネズミを捕りに行ったことがあって、そうしたら泊まる宿の入口に若い女の子が4、5人いるなと思っていたら、夜、部屋のドアをノックするの。こっちは言葉がしゃべれない。そうするとね、女の子が紙を持って立っていてね、見ると、「要、不要」って書いてて、そこに丸を付けるんです（笑）。

南　あはは、単刀直入ですね。丸つけろ（笑）。

養老　そう（笑）。

南　単刀直入です。中国の売店に行って、一生懸命中国語でコレコレのものがありますか？　ここにあるこのような…えーと……って言ってるそばから「没有（ナイ）！」。

養老　昔はみんな公務員だったんですよ、今はどうか知らないけど、店の店員とかもみんな。だから、別にそこで成績を上げる必要がないから、その時間、そこにいればいいので、「プヨウ」って言ってれば仕事をしなくていいのでね。すごく、多い、「プヨウ」（笑）。

南　仕事してるんじゃなくて、こなしてると給料をもらうっていうところが、給料をもらうことが仕事になっちゃう。面白くないと思うんですけどね。自分がやってるっていうんじゃなかったらね。「面白い」って言っちゃいけないのか、「仕事は面白くてやるもんじゃないんだ」って。でも、コンピュータならもっと面白い必要ないんだから、ＡＩに仕事を取られますよね（笑）。

養老　いや、だから、「０」「１」の部分がどこにあるかっていうことをしっかり意識しなきゃいけないんですよ。自分が「０」「１」になっちゃっているから心配する。「うるせえなあ、コンピュータなんか俺がコンセントを抜いてやらあ」って、こちらが人間である以上、「俺の道具だろう」って言ってやればいい。

南　いつの日にか、コンピュータも差し込みを抜かれると、自分ですぐ差し直すかもしれませんよ（笑）。

養老　そう、それは怖いね。

南　ちょっと体を反らしてコンセントに入れる（笑）。

養老　あいつ、自分で電源を入れてるよ（笑）。

犬を放て

養老　ブータンに行くとね、面白いなあって思うのは、犬がゴロゴロゴロゴロ寝ているんですよ。普通の人は、あれ見ただけでショック受けるんじゃないですか。

南　道で寝てる。

養老　そう。道で寝てるんですよ。このまえ行ったとき、ティンプー（首都）のメインの交差点の真ん中でね、黒犬が1匹、寝てやがる。車がそれを避けて走るんですよ。

南　ブータン人、生まれ変わりとか、信じてますからね。

養老　そうなんです。で、何が気になるかっていうと、ようするに犬ってああやって一切危害を加えられないと、あんなにもおとなしいものだということ。社会性動物ですから、社会全体が仲間として扱えば、昼間っからグウグウ寝て、夜になって吠えてますけど、みんな「うるせえな」とか言いながら、それでも別にどうっちゅうことないんで。

南　あー、そうか。そうですね。

養老　そう。なるほどね、こういうのがほんとの意味の共生なんだってね。

日本なんか異常じゃないですか。こないだね、近藤（誠）先生が僕の家に連れてきた犬なんて、3・5キロですよ、体重。うちの猫の半分。

それでも犬だから、紐をつけて持ってる。関係ないだろ、そんなもの、そんなことされたら、うちの猫にも鎖をつけなくちゃいけない（笑）。

南　先生の猫、7キロありますか。重いなあ。

養老　そういうところ、「前近代的」でいいでしょ。3・5キロの犬が危険なら、うちの猫なんかもっと危険だよ（笑）。

それでね、一緒にブータンに行った人がさ、さっきのゴロゴロしている犬をFacebookにアップしたんですよ。「犬のごろん……」とかいって。そしたら、やっぱりね、「こんなことをしていたら狂犬病が危険だ」っていう反応があるんだよ。

そんなもの（笑）。それが危険だっていうならさ、人間のほうがよっぽど危険でしょう。放っておくと19人殺しとかやってるじゃないですか。車で幼稚園児の子、小学生の行列に突っ込むやつもいるしさ。そうでしょう、ようするに同じことですよ、「犬にも変なのがいる」んです、家の中で飼っててもね。

変なのをコントロールすればいいんだけど、今の社会っていうのは変なのを基準にして普通の人を管理するんです、これで僕怒ってるんだ、いつも。

19人殺しを基準に法律を決められたら、たまったものじゃないです。そういうやつをチェックすべきで、それが警察の仕事だろうって。

南　確かにそうなってますね。今、小学校に簡単に入れない。昔自分が通ってた小学校の前を偶然通りかかりますね、「懐かしいなあ」ってちょっと入ってみるとかって、今、できませんよね（笑）。

養老　すぐ警察に通報ですよ、「不審者あり」（笑）。

僕、大学紛争のとき、しみじみ思ったんだけど、教授と学生がお互いに信用しなくなると、何か始めようとするときに、いろんなことが大変な手間になっちゃうんですよ。ようするに、お互いの信用がないと、ものすごいコストのかかる社会ができてくる。
そういう意味では、ブータンはローコストの社会です。
あるとき、そのティンプーの目抜きの、犬が寝てる交差点に官僚が信号を付けたんだって。それに国王が気がついて怒って、信号を撤去させた。官僚はクビになったんです。国王はこう言ったんだって。「車は人間の良識で運転するものである」。

南　いいなア、国王（笑）。

養老　でしょう。名君だったんですよ。日本も見習ったほうがいいと思う。江戸時代ぐらいはね、日本もああだったと思います。お犬様をね、大事にして（笑）。

南　やっぱり自分の責任になるのだけは嫌だってみんなが思うようになってきたからでしょうね。責任を問われるのだけはコマル。

養老　理屈を言ったら、いくらだって言えるんですよ。犬にも変な犬がいる、人にも変な人がいる。変な犬を基準にしたから、犬がいなくなって、おかげで喜んだのは、鹿と猿とイノシシですよ。大喜びですよね、日本中、野犬がいないから。
なんで子連れの猿が畑に来るかって。

こないだ、栃木で農家をやってるのが家に来て、「稲が全部、鹿に食われた」って。「お前、犬を放せ」って言ってやった。ペットにしちゃダメだよ。ウチの猫より小さい、3・5キロの犬を紐でつなぐ必要ないじゃない（笑）。

介護の日

養老　介護の日とかに、僕しょっちゅう呼ばれるんだけど、苦手でね。介護について話すっていうのも難しくて、一生懸命やってる人の士気を落としてはいけないし、そうかといって、あんまり一生懸命になるなっていうのも、健康とは思えないしね。つまり、呼ばれておいて、「なんだ、お前、何をしてるんだ」って話になるんだけど（笑）。

薬だって1人あたり3000万とか4000万とかいうお金をかけてね、それを保険制度でやったら、保険制度が持たないですよ。

ホームもそうですけど、介護もシステムでやってるだけじゃないですか。で、家庭でやっていたらダメだっていうんだけど、俺は家庭でやっているほうが、もっとまともだと思うな。その辺のところも、人の考え方でしょ。
具体的な問題なのに、一般化できると思っちゃってる人も多くてね。

南　自分じゃ判断できないから一般化したい。「これが正しい」って言ってもらえれば、それに従ってればいいんで。

養老　そうやってみんな、考え方が役人になるんです。

南　そうですねえ。

養老　こないだね、俺よりも10歳年上の兄貴が、都内で1人暮らしをしているんだけど、「ボケたんじゃないか」って、高齢者あんしんセンターから電話がかかってきてね。会いに行ったんだよ。

ところが、ボケてねえんだな。

「風呂が壊れた」とか言ってね、風呂に入ってないから、身なりが怪しくなって、ご近所が気にしたんだね。「風呂を直してやるよ」って言ったら、ボケてない証拠に、「お前の世話になる筋合いはねえ」とか言ってるんだ。兄貴風吹かせて（笑）。

それで、黙って、こっちで勝手に直しておいてやろうとしたら、「直した風呂を、使うかどうかわかりません」って、また、面倒くさいことを言ってきた（笑）。「直したから、いいじゃん、別に」とか思って。

南　あはは。

養老　自分の経験で言うと、うちのお袋は一度、90のときに倒れたんですよ。そのとき、一応、兄と姉に「入院させるかどうか」って相談したんだけど、姉が「入院させろ」って言うんですね。でも、お袋が「やだ」って言うから、しょうがねえから、ベッドを買ったんですよ。機械式のベッド。お袋は「動けない」って言って、1年くらいそのまんま。いろいろ面倒みてたんだけど、途中でもうダメだと思ったの。

でも1年経ったらね、なんと起き上がって動き出したんだよ。わかります？　こっちは騙されてたんだ。年取ってだんだん面倒をみなくなってくるから、「倒れれば、もうちょっと気を遣うだろう」じゃないけど（笑）。

南　飽きて歩き出した。

養老　ええ、そう、1年経ったら歩き出しちゃったんです。「姉貴、お袋、歩き出しちゃったよ」って言ったら、「ほら、ごらんなさい、あのとき、入院させておきゃ、今頃は死んでる」って（笑）。

南　あはは。

養老　至れり尽くせりの介護ってどこまで必要なのかって思うことありますよ。体が丈夫でうろうろ出歩いてっていうのは困るけど。そういうのを、メディアはよく取り上げるけどね。「ちゃんとやらせりゃ、できるんじゃねえか」っていう気もします。

あんまり介護をちゃんとすると、本人がそれ、やらなくなるでしょ。当たり前ですよ、つまり、「いつ車いすを使うか」と同じ問題。車いすを使った人は、「こんなに楽なら早く使えばよかった」とも、一方では言うし。だけど、車いすを使い出したら、もう自分で歩くことはできないんだから。

介護っていうのは、「何のためにやっているんだ」って、やってるほうが疑問に思うのも、当然だと思いますよ。

優先順位

養老　「何のためにやっているんだ」っていうのは、昔からつねに、現場にはある問題でね。僕、よく例に出すんだけど、東大紛争の頃、「小児科に7つ」って言われていたことがあって、当時、東大病院の小児科には、人工呼吸器が7つしかなかったんです。しかも全部、フル稼働で使ってる。そこに8人目の患者が入ってきて、その子は人工呼吸器を使えば助かるかもしれないってなったら、どうします？　既得権を認めて、「ダメ」って言いますか？

南　やっぱり誰か他の……。

養老　7人のうち、どれか一番「見込みがない」人のを外そうって。これ、戦場ではしょっちゅうやってることです。

南　そうですねえ、災害時もそうですよね。

養老　助かる見込みがあるっていうものから、優先されるのね。リソースが十分あるときは、「全員面倒をみろ」って話になるんだけど、足りなかったら、優先順位をつけざるを得ない。そういう突き詰めたことを、今の人は「考えたくない」ってだけのことです。「人の命はお金で買えない」とかいろいろ言うんだけどさ、買えるよ。何千万円もの癌の薬を使っている人だっているんです。ただいま現在、そんなことが起こっています。

南　それでも、「1分でも1秒でも長生きさせるのが正しい」ってなってますよね。

養老　そうそう。『リスボンへの夜行列車』（パスカル・メルシエ著／早川書房・2012）っていったかな、映画と小説でタイトルが違っているんで（映画邦題は「リスボンに誘われて」2013）、どっちがどっちだか忘れましたけど、今話しているこの問題って、その作品にあるのと、同じものなんですね。

　ポルトガルの圧政下で開業医をやってる男がいてね、あるとき、自分の診療所の真ん前で、秘密警察の親玉がテロに遭って瀕死の重傷を負う。彼はレジスタンス側の人間なんだけど、敵の親玉が、自分の診療所に担ぎ込まれちゃったんだ。で、彼が何をしたかっていうと、そいつを助けちゃう。翌日から仲間にそっぽを向かれるっていうエピソードがあってね。これ、どうしたらよかったって思います？

南　考えちゃうと難しいとこですね。

養老　僕はね、そういう話は、議論する問題じゃなくて、実行する問題なんだと思います。議論したって答えは出ませんから。「原則」で生きようとしても、その通りになるわけないじゃないですか。

南　その場その場で（笑）。

養老　そう。同じことは「二度と」起こらないんです。今、同一性の社会に住んでると、そういうふうには考えられないんですね。原則論を持ち出す人がいる。責任の所在が明らかでないとか、そういう人は、いろいろ言うんだけど、あとから理屈で考えるからそうなるんで、その場で、そういうものが全部、統合された結果が「判断」になっているわけなんだから、しょうがない。「しょうがない」って言うと怒られるんだけどさ（笑）。

生の感覚

養老　現代人のみんなが抱えている最大の問題の1つが、毎日、毎日、日々新たっていう、生きる感覚がね、どんどん消えていくことですね。同じっていう世界を作ってきちゃったから、その感覚を、逆に積極的に消してるな、と思うんだけど、そういう意識がない。ビルの中でずうっと仕事をしてる人って、何をやってるんだい？　と思うわけ。

ビルの中にいたらさ、明るさ、変わらないでしょう。外にいたらどんどん変わるんだ。風が吹くでしょう、温度が変わるでしょう、それ、全部、ないじゃない。徹底的に「違い」をなくしているんですよ。そうでしょう？　感覚を全部、閉じてるんですよ。

床といえば平らに決まっているし、だから僕、「これ、絨毯《じゅうたん》の下、ゴム張りにしたら？」

って、言ってるんだ。子どもが踏んだら、ふにゃっとして、ぴょんと跳ねたりして、楽しいでしょうって。でもみんな絶対にやらない、同じ硬さにする。なんでそうなのって思うんだけど、徹底的に同じにしていくんです。

同じっていうものを突き詰めていくと、それは頭の中にしかなくて、そこから何が出てくるかっていうと、やっぱり同じもの。コピーが出てくるんです。

世界をコピーで埋め尽くそうっていうのが、我々現代人がやってることですね。

コンピュータの中身も、スマホの中身も、全部コピーですから、いくらでも同じものが作れる。同じもの以外は存在しないっていう世界をみんなで作ろうとしている。それを、経済的、合理的、効率的だって、それればかりやっていくうちに、ふっと気づくと、「生きてるって、どういうことか」っていうことが、わかんなくなっちゃった。

一番象徴的なのは、子どもが減ってきたことですね。

今、ほとんどの日本人が「自分の子どもは自分が生きた時代よりも悪い時代を生きる」と思っている。その「悪い」の意味がよくわかんないけど、まあ、それはそうですね。子どもはコピーじゃないもの。それをやろうとすれば、遺伝子でいうとクローンでしょ。「クローンを作ってもしょうがないだろう」って、さすがにみんな思ったわけだけど、実際にはクローンを作っている。世界自体がクローンになってきているんです。

人生はそれぞれに違う。生きるというのは日々新しいものと出会うことだ。だけど、そうは思えない。そう思わせているのは、例えば、東京だったら小学校の校庭が全部、舗装されちゃっている。土がない。硬さを同じみたいなものに、均一化してしまう。子どもたちに、差異があるのはよくないって、暗黙に教えてね。

だから、きっと「かけっこは手をつないでゴールイン」になるんじゃないの。同じにしないと気が済まない。同じほうが楽なんです。

南 それは、意識の癖のようなものなんですかね。

養老 意識が進んでいった方向ですね。「同じにする」って人間しかできないっていうのが、僕の意見。人間にしかできないです。

南 僕、ずいぶん前から「本人術」ってのしてるんですけど。最初は自分も面白かったんですね。面白いからやってた。でも、なんで面白いのか、ほんとのところはわかってなかったんですよ。今、先生の話聞いてて、これはものすごく変なことをしてたんだなとわかってきた。
例えば、「週刊文春」で暮れによくやる、似た顔の人特集。「顔面相似形」っていうんですけど、これ別人が似てるわけです。顔で区別してるのに顔が同じじゃコマルんですよ、本来。違うはずのものが似てるってとこ探すのが面白いのかと思ってたんだけど、同じものっていう感覚と、その自分がそこでねじれた感じっていうのが、なんか変で、笑っちゃうっていうことなんですかね。

養老　「違いがわかる男」っていう、昔のインスタントコーヒーのコマーシャルに似てるんですね。そこには、「違う人がやるから、違うに決まってるだろ」っていう大前提がある。その「違うに決まってるだろ」っていうところが、インスタントコーヒーだけに、「同じに決まってるだろ」っていう（笑）、その辺りの逆転の面白さですね。
だけどさ、ここまで、同じにするのを一生懸命やるっていうのは、後世の人にきっとこう言われますよ、「あの時代は異常だった」。

第七章 怪しい新世界

固有な顔

養老　同一性が優先するのは、意識の働きでしょうがないんだけど、ここまでずっと長いこと進めてきて、それを合理的、経済的、効率的と言ってきたんですよね。その社会が、やっと今年から壊れるのかなって。それがイギリスのＥＵ離脱であり、トランプです。つまり、あれは「同じにしよう」っていう圧力に対する反発でしょ。
　人・物・金が国境を越えるっていうのが、グローバリゼーションなんだけれど、いくら国境を越えてもね、どこかに境が、壁があることは間違いないんで。それをどこまでも同じにしようっていうので、スターバックスは世界中どこへ行っても値段は同じ、同じ商品を同じ値段で売るんですよ。

南　どこまでもは、無理ですよね。

養老　そんなコーヒー、飲みたいと思うかってことです。

南　そんなコーヒー（笑）。

養老　だから今年は大変な年だなと。そういう意味で昨年は、世界が変わった年だったんですね。どちらもアングロサクソンの社会で、しかも、イギリスのグローバリゼーションは19世紀に完成していた。「日の没するところなし」って帝国を造るでしょう。これ、物理的なグローバリゼーションですよ。

アメリカがその後を継いで、情報のグローバリゼーションをやった。それで鉄のカーテンがぶっ壊れたわけで。その2つの同一化っていうのを行ったアングロサクソン社会が、ちょっと後ろを向いたんですよ。

他の社会は、日本なんか典型的にそうだけど、そのケツに後からとことこ歩いているから、先頭がこっちを向いたのに、まだ向こうを向いてるっていう状況になってるわけでしょ。

南　去年、トランプにもなったんですけど（笑）、あのときにみんなが話題にしてたの

ドナルド・トランプ
南伸坊、南文子『本人遺産』
文藝春秋　2016

野々村竜太郎
南伸坊、南文子『本人遺産』
文藝春秋　2016

は、トランプって、ものすごく「激烈な表情」をしてたじゃないですか。プロレスみたいな。みんなけっこうプロレスみたいなものに動かされるんだなあって思った。「激烈な表情」っていえば、兵庫県の泣く県議もいましたね。

養老　号泣県議（笑）。

南　「ののちゃん」って呼ばれてました。あんなに泣いて、みんなものすごく面白がった。これまで、ああいうことをする人いなかったから、面白かったんですかね。

トランプが話題になったっていうのも、あんなに極端なこと言ったり、極端な顔する人いなかったって、そういうのを見たいと思ってるってことなんじゃないですか？　テレビ見てる人が。まあ、当然ああいう立場なんだから、こう言うんだろっていう範囲からずれた。ずれると、「そっちが本音だ」っていうふうに思う人たちがいたっていうことじゃないですか？

「アレコレ言ってるけど、嘘でしょ？」って思って見てたわけですよね。それが、「本音を言ってくれた」っていう。感情として持ってたけど言っちゃいけないって思ってた、そういうのを、そのまま出した「表情」っていうのに参っちゃった。あれは参っちゃったんだと思うんですよね、プロレスみたいな「あの顔」に（笑）。

養老　「固有」という印象を与えたんでしょう（笑）。いろんな形で、同一性への反発っていうのが、どんどん出てきちゃったから「全部同じにするったって、そうはいかねえ」って。

でもね、「アメリカ第一《ファースト》」、「ＴＰＰ離脱」なんて言っているけど、自国中心主義って、見ようによっては同一化の極みなんだけどね（笑）。イギリスのＥＵ離脱も同じで、そもそもイギリスはポンドをユーロにしてないじゃないですか。あれは、いずれ世界統一通貨ができるんだとしたら、どうせそのとき、変えなきゃいけねえんだからそのときまで待っていりゃいいだろうって、そういうことだったと思うんだけど。この分だと、相変わらず、ポンドは生きるんじゃないですかね。

子どもがいない

養老　ドイツは人手不足で、少子化ということでは日本と同じなんです。で、例えば日本の今の社会を肯定して、この状態がいいとして、この状態がそのまま続くと仮定すると、何十年後かに日本人はいなくなります。ただいま現在の状況だって、子どもがいねえもの。出生率、２を超えないんだ。東京なんか１・２がいいとこでしょ。東京がトップですよ、ケツから。２以上に増えてるところなんて、徳之島ぐらい。

それ考えたら、現代社会ってなんかおかしいっていう結論に達さざるを得ませんね。子ども手当を出すとかなんとか、そんなことやったってダメですよ。今まで子ども手当がなかったから子どもが減ったのかって。違うでしょ？　「こんな社会で子どもを産めるわけねえだろ」って話。考え方を今から変えなきゃいけないんですけど、変えてないものね。まず政治が一番遅れてるでしょ。

いまだに経済成長とか言ってさ、円安・株高で、それで円安なら輸出企業が良くなるとかって、株高で景気がいいのは、外国人だよ。メディアは、「あれは、外国人向けの商売だ」っていうふうにもっと報道すればいいじゃない。そうすると、何もそこまで都合をはかることないだろうっていうところが、どっか出てくるでしょ。

南　安倍ちゃん。

養老　なのにやっぱり、同一化一辺倒でさ、株高なほうが景気いいって。それ、日本の景気がよくなるわけないじゃない。それで20年間、デフレです。「実質賃金が低下の一方」って、その間、子どもは一切増えない。何やってるのって、「お前ら真面目に考えてるの」って言いたくなる。だいたいね、そういうこと考えるのは、僕の仕事じゃないんだから（笑）。

南　あはは。でも、どこかでなんか勘違いしたというか、向こうの人の考え方の枠に入っちゃって。向こうの人っていったって、ほんの一部ですよね。自分たちじゃないほうの価値観で動いちゃってるから。

養老　医学部の現職だった頃ね、もう25年も前ですけど、学部長が代わって「国際化、国際化」って言い出したんですが、国際化って、カンボジア並みにするの、ベトナム並みにするの、いろいろあるでしょ？　って僕は聞きましたけどね。むろんそれは「欧米基準」ってことなんだから、そうならそうで、はっきり言えばいいんだ。「日本は欧米じゃない」って（笑）。「お前、教授会、日本語でやってるじゃん。どこか国際化だよ」って。

南　明治のときから出てないっていうことですね。一番新しい学問はやっぱり向こうからやって来るっていうような。

養老　誰も聞く耳を持たなかったもの。変なやつが変なことを言っていやがるって。ざまあみろ、今に至って、こうなるに決まってる（笑）。

子どもがいなくなるのは当たり前ですよ。自然の扱いがわからなくなっちゃってるんだから。外の地面を歩いてみなって、たちまち違うのがわかるでしょう。虫捕りに行ったらよくわかります。草は生えてるし、変な根っこはあるし。そういうところで暮らすのが人間なんだ。子どもは自然でしょう？　自然を知らないで、あんなものを扱えるわけがないよ。

南　先生は「養老の森」とか、実際にそういう環境作って、いろいろ教えたりされてますよね。

養老　子どもと親の両方を、できるだけそういう環境に触れさせるっていうだけです。今は、本人に気づいてもらうっていうことしかないので、有機農業と同じですよ。

有機農業

養老　このあいだ、新聞で『渋谷の農家』（小倉崇著／本の雑誌社・２０１６）っていう本の書評をしてね、著者によれば日本の有機農家の割合って、わずか０・４パーセントなんだって。これ、農水省に言わせれば、「０・４パーセントなんて問題にならないから、そんなのまともに取り上げられませんよ」ってことになるんでしょうけど、俺が言いたいのは、「99・６パーセントの農家だって自家用は有機でしょ」ってこと（笑）。だから俺、「人生、統計じゃない」って書いたんだけどね。

知り合いの田舎の農家のじいさんが、手土産持ってうちに来たの。やっと抱えられるくらいでっけえ段ボールに、イチジクとか、柿とか、ブドウとか、いろいろ詰めてね。それでどさっと俺の前に置いて、なんて言ったかというと、「先生、これは農家が自家用に作ってるんだから大丈夫です」（笑）。

南　自分たちのは（笑）。

養老　自分が食うのは別にしてるんですよ。でも問題は、その統計じゃない。

南　その、なんで分けなくちゃいけないっていう。

養老　そうそう。有機をやっている人は、やりたいことをやっているんだから、逆に楽しくてやっているんです。苦労もあるし、失敗しちゃった人もいるだろうけど、有機農家っていうのは、一軒一軒、全部違う、それぞれが、違う作物を創り出すっていう、はっきり言えば、個人なんですね。

小豆島でオリーブをやってる有機農家の話があって、その人、脱サラして素人から始めたっていうんだけど、最初は虫で苦労したとかね。オリーブは、アナアキゾウムシが付くんです。よくわかっていらっしゃる。そういうのを読んでいると、とっても楽しいんだよ。言われた通りに薬撒いて、他所と同じものを作って、何が楽しいんだろうってね。薬を撒けば虫が出ねえって、そんなの当たり前だろって（笑）。

南　同じものを作る競争になりますね。

養老　著者の小倉さん、広告の仕事をしてたんだけど、あまり一生懸命やるものだから、必ず「あなたの仕事はいつもオーバースペックです」って怒られてばかりだったんだって。それで、「このくらいの予算ならこのくらいでいいだろう」って割り切って、仕事してたんだけど、やっぱり面白くなかったんですよ。だから次に、そういう仕事はルーチンにして、下の人間に丸投げするってことを始めて、そうしたら、もっと面白くないんだ。下の人間だって面白くないんで（笑）、これ、やっていたら、どんどん世の中がつまんなくなって、じゃあもう、違うことしようかって、渋谷のビルの屋上に畑を作っちゃった。

南　なるほどなあ。

養老　だからさ、自分のところは有機だけど、売る物は農薬漬けみたいなことをやられちゃ、たまらないよ。それで、それをやんなきゃ食えないとかさ、商売にならねえとか言うけど、そこに問題があるでしょう。そういう人が悪いって言ってるんじゃなくて、それを食う消費者が、変えようとしなきゃダメなんだ。安けりゃなんでもいいって言ってるの、消費者のほうなんだからさ。僕は「エンゲル係数が下がりすぎだよ」って言うんです。野菜なんて、ちょっとくらい高くてもいいんだって。そのかわり、変な物を作らないでねって。

南　そうですよね。なんでもかんでも安いのがいいって、おかしいですよ。安いほうがいいに決まってるだろって思ってるんですからね。

養老　今、需要と供給のミスマッチがあちこちにあって、その上、供給過剰だから、どうしても、「安売り」になるんですね。ある程度はしょうがないんだけど、社会全体がね、余ったものみんな捨ててるの。こんなのあり得ないじゃない。

南　なんか、豊作すぎて、つぶしたりとかっていう。

養老　つぶしてますよね。

南　わかんないですよねえ、あれが経済なんですね、結局。だったら経済ってのがどっかおかしいんじゃないですか？

養老　なんか、漬け物なんかにできないのかね。

計画通り

養老　このあいだ、ポンドの急落があったでしょ。あれ、コンピュータが勝手にやったんだってね。今はもう、為替のやり取りなんて、人間にはできないです。プログラムが売り買いをやってやがる。秒単位以下のナノセコンドの世界ですからね。ナノセコンドなんかめちゃくちゃだよ。

南　ものすごいスピード。

養老　人間には追いつけない。

南　コンピュータの電気信号は途中に汁《シル》がないし（笑）。

養老　コンピュータにやらしているから、ブラックマンデーみたいに、今度はコンピュータの都合で、ゴンと下がったりして。だから普通に、「そんなことやるな」って言ってやりたいの（笑）。

南　そうですよね。おかしいすよねえ。

養老　それ、やるほうがおかしいんだよ。最近はさ、データを入力して学習させれば、どんどんどんどん利口になるんです。そいつに式を作らせてね。NTTだったと思うんだけど、工場での生産を「もうちょっと効率よく合理的に」っていうアルゴリズムをコンピュータに作らせたの。それで動かしたら、ちゃんと今までよりうまくいくんですよ。問題はどこにあったか。コンピュータにアルゴリズムを作らせたやつが、コンピュータの作った式を理解できないんだって（笑）。

南　アハハ。それできちゃったら、ますますスピード上げなきゃなんない（笑）。

養老　僕はね、何かをやっているうちに「これからどうなるか」がわかると、やめちゃうんです。「0」「1」の世界で考えれば予測がつくことって、けっこうあるでしょ？　それをやったら、その通りになりました、そういうのもあるけれども、それがわかってるからやりたくねえなってこと、ありますよ。「何がなんだかわかんねえ」。このほうが、よっぽど面白いって。でもまあ、いろんな人がいるからね。どっかに旅行に行って、計画通りって、喜んでいる人もいて、何が嬉しいんだよ。計画通りだったら、行かなくてもいいじゃん（笑）。

カメラの目

養老　こんなにも当たり前のことを考えなきゃならない、真面目に考えなきゃならなくなった時代って、俺、まずいと思う。「仕事とはどういうことか」とか。「もういい加減に、これ、どうなってるの」って思います。コンピュータに為替の売買なんかやらせてる場合じゃないです。

南　コンピュータが考えること、なんかわかんないし。

養老　もうみんな、ある意味、有機農家みたいに別々に生きていていいと思うんだけど、実際にはどんどん均一化されて、現代社会って本当に、北朝鮮状態だよなと思うね。偉大なる首領様がコンピュータとか、パソコンとか、スマホに替わっただけです。

南　「囲碁」も「将棋」も少しずつ負けが込んできた（笑）。

養老　そういうもので、コンピュータと勝負しようとするのがそもそもおかしい。あいつのほうが強いに決まってるんだ（笑）。

南　でも対戦する人は、思ってなかったんですよね、なんだかんだ言っても、人間のほうがすごいんだっていうのを「見せてやろう」って。

養老　甘い甘い（笑）。このまえね、テレビでやっていたらしいんだけど、チンパンジーにね、でたらめに数字が並んでいる画面を見せて、いったんそれをぼかして、「9、今、どこにあった？」と聞くと、チンパンジー、全部、憶えてるんだってさ。

南　見ました。おそるべきもんでしたねチンパンジー。神経衰弱やったら、最強ですよ。思わず張り合おうとしちゃった（笑）。

養老　見たものをぱっとそのまま憶えちゃうんですよ。「カメラアイ」っていうんですけれど、これ我々、動物には絶対にかないません。東大の学生も挑戦したけど、歯が立たなかったみたい。ようするに人間、チンパンジーにも負けるくらいなんだから。

たまに人間にも、そういうのがいるんです。昔のマッチ棒があるでしょ、マッチ棒がバシャッとこう、机の上で山になってる。これを全部で何本って言うんだ。数を「見る」んですよ。

南　人間も子どものうちは持ってるっていいますね。

養老　受験の前だけ、俺、そうだった（笑）。

南　え？　すごいですね。チンパンジーなみじゃないですか（笑）。

養老　時々なるんですよ。だから、まあ絶対できないとか、言えないんですよね。

南　こないだ、内田樹さんも同じようなこと言ってましたね。カメラアイ、試験で便利（笑）。頭の使い方なんですかね。例えば脳は、言葉を憶えて、言葉で抽象するっていう戦略で来てるわけですよね。それでその、子どものときに持ってる能力をどんどん捨てていく。

養老　黒ペンで「白」って書いてね、「これは何色でしょう？」って。動物的には、「黒」って答えるのが正しいんだけど、それで「白」って答えるやつは文明人だから、そういうことって年中やってるでしょうね、我々。

南　その白・黒の話、僕も昔、子どもの本の連載でやったことがある。自分が子どもだからそういう発想するんですね（笑）。

　コンピュータはパターン認識が苦手だってずっと言われてきたんだけど顔の位置関係、数値化することで認識できるようになった。今、実用化しちゃってますね。じゃコンピュータで、似顔絵を描けますか?　ってことでいうと、「つまんない似顔絵」なら描けると思うんですよ。へたうまのイラストって、なにが魅力かっていうと人間が描いてるってわかるとこ、味がある、味わえるってとこなんです。つまり、それが面白い絵なんです。

　面白いっていうのは、どういうカラクリなんですかね。笑いってのは、どういうふうなことで起こってきてるのかが、もう1つわかんないですけど。

歴史が変わる

養老　もう10年ぐらい前だよ、若い人の好きなことわざっていうのを調べたら、「棚からボタ餅」だった（笑）。若い連中、ぜんぜんやる気ねえなって。だけどそうなるのも、ある意味、しょうがねえかなって思った。さっきから話に出ている数学者の森田くんなんか、東大の数学に入っちゃったら、今の数学をやらなくちゃいけなくなる。彼は「数学とは何か」っていうことを考えたいんだから、今の数学をやらされちゃったら、それで目一杯になっちゃうんですよ。若い人が、もう避けちゃうんだ、既成のそういうものを。でも、今のところは、「そういう人は少数派でしょ」って。有機の農家と同じなんですけどね。

水野《みずの》和夫《かずお》さんが本に書いていたけど、今やもう「実体経済が飽和しちゃったでしょ」って話です。銀行、利子が増えない。預金に利息がつかないでしょ。お金を持っていても、ひとりでには増えないですよ。よく考えてみれば、経済っていうのは必ず自然からの収奪で成り立つ、それが実体経済なんです。

中東諸国なんてね、あんな立派な都会を造ってるけど、あれ、石油が切れたら終わりですからね。持続不可能って、今でもわかっているんですよ。人間が自然から収奪することによって、いわゆる利益を生み出したんだっていうことがはっきりしてるから、回り回って、それは環境問題でしょう。それで今ようやく、持続不可能って言い出したんで。金融経済なんていうのは、お金を使う権限が移動してただけなんだ。そんなものいくらやったって、ゲームやってるのと同じです。

南　どうして、その、自分たちばっかりいっぱい持ってるんですか。そんなにいくらでも持っててどうするんだろうなって、不思議ですよね。

養老　三木谷さんに聞いてよ（笑）。ユニクロの柳井さん、ビル・ゲイツにも。

南　途中でなんか喜びを感じちゃうんですかね。

養老　だから、そういうシステムなんですよ。子どもが減っちゃうのと同じで、金が増えちゃうんですね。ほんとに、ひと握りの人になってきたっていうのは、日本でもはっきり見えてきたでしょ。政府だって、結局、こんなに格差が開くとは思わなかったわけで。これをちゃんとした常識に戻すのは、けっこう大変だなと思うけど、今年が曲がり角になればいいなと思いますね。

南　そうですねえ、明らかに変なんだから、普通に考えたらそうだろって。

養老　同一化するって、人間がもともと持っている性質だろうって。わかっていながら、それでもやっぱりここまで来ちゃったんだ。

第八章 おじいさんの歌

諸行無常

養老　世の中は身体の時代と、意識の時代を繰り返します。日本人って、大きな災害があったりすると、『方丈記』や『平家物語』の世界に戻るんですよ。お読みになりましたか？

南　いや、ぜんぜん（笑）。

養老　大事件であるにもかかわらず、「都に大風が吹いた」、「大火事があった」、「飢饉《ききん》が来た」とかいうのが、淡々と、数行で書かれている。しかもエッセンスをちゃんと捉えているんだよね。短く具体的に述べることで、ものすごく強い印象が残るんです。

例えば、飢饉があって、都に食糧が来なくなり、戦乱が起こり、都が死屍累々《ししるいるい》になる。都中に死臭が漂う中、仁和寺の隆暁《りゅうぎょう》法印が、死者を成仏をさせるため、死体に「阿」の字

（原初、根本を象徴する梵字）を書いていくっていう、そういう作業をするんだけど、「その数、左の京だけで四万二千三百」とか、克明に、淡々と記述するんですね。こういう場合の数字の使い方、うまいと思ってね。「これだけの死者が」っていうのがわかる。

人々は財貨を家から持ち出して食べ物に換えようとして、「都のものは、すべて田舎を源にするものにて」という、まさに、戦後の食糧難そのままです。あの時代の日本人は、身体の時代を生きたんですね。

南　はい。僕らはその時代を体験はしてないんですね。今よりビンボーではあったけど。

養老　『平家物語』の終盤、平家の公達、壇ノ浦で討ち取った平家の公達の首を四条の河原に並べるっていうことを、源範頼と義経が主張して、後白河法皇の朝廷が「ちょっと待ってくれ、それはやめてくれ」って言う。でも範頼と義経は結局、強行して生首を並べるわけです。それが、戦国の始まりでしょ。象徴的なシーンで終わるんですよ。人間は同じ状態をとらない。すべてが変化していく。同一性というものに対して、『方丈記』や『平家物語』は、「違う、違う、違う」と言い続けるわけ。

平和な時代の人は、身体の時代を「乱世」と呼びます。縄文は身体の時代で、弥生は情報化の時代、意識の時代です。弥生の延長が平安で、それが壊れるのが『平家』『方丈記』の時代。江戸まで来ると、またね、平和な時代になって、意識の時代になって、「何事も心掛け」って（笑）。

それを一番象徴的に表すのが侍の言い分で、戦国の侍は「腹が減っては戦はできない」って言っていたけど、江戸の侍は「武士は食わねど高楊枝」って言うんですよ（笑）。江戸の侍を捕まえて、「お前、本気で侍をやってねえだろ」って言ったって、「飯を食わなくたって侍ができると思ってるんだから、できやしねえよ、そんなもの」って言われるね（笑）。

南　そうか、同じ時代じゃないんだ。

何でもない景色

養老　今は身体の時代じゃないけど、身体っていうのは、それなりの訓練が必要でね。それはみんな、頭では知ってるんで、その極端なものがオリンピックでしょう。あるいはプロ野球、プロのサッカー。これ、ローマ時代と同じですよね、コロシアムにみんな集まってさ、人が体使ってるのを見てるんだもの。体を使ってるのはやってる人だけで、あとは見てる人ばっかりです。見てるほうは、体を使ったつもり（笑）、「つもりの世界」ですね、今は。

南　前回の東京オリンピック、僕は高校生でした。あんまり、ちゃんと見てなかったな。

養老　オリンピックって、僕なんかからすると、グローバリズムね。同一化の典型だから、あれは、かなり害があると思う。体の使い方としては異常でしょ。講演とかで、僕、言うんだよ、「いい若い者が血相を変えて100メートルを走ってる、あれ、何だ」って（笑）。そう思いません？　「どうするんだよ、100メートル走って」とか。もっとすごいシーンがありましたよ、フライングかなんか、失格した選手がいて、泣いてましたものね。「あなた、走れねえからって泣くんじゃねえよ」。

南　あはは。泣くんじゃねえよって（笑）。前のオリンピックのときにね、赤瀬川（原平）さんたちが、銀座で「首都圏清掃月間」っていう芸術のパフォーマンスをしたんです。道路の敷石をぞうきん掛けしたり、座敷箒《ぼうき》で掃いたりハタキかけたり、ふざけてんですけど（笑）、通りすがりに「オリンピックになったら、まあ、東京がきれいになっていいよな」なんて、皮肉言っていく人もいた。昔はそんな人もいたんですね。

お巡りさんが来て、なんか言いたいんだけど、別に問題はないから（笑）、でもなんかカタづかない。最後、掃除が終わったところに、昔、便所にね、こう、吊す樟脳みたいなのあったじゃないですか。

養老　あ、においがね。

南　においしみたいな。それをこう、街路樹にかけて（笑）。あの頃、高校生で銀座にも行ったりしてたから、もしその場に出くわしてたら、どんだけ感激したかなって思うんですよ（笑）。

養老　その人たち、みんなが金科玉条にしているもの、まったく信じていなかったんだね。僕と同じ年だからね。「それ、違うんじゃないの」って、いつも、どっか冷めてるっていうかね。

おととい僕、京都府の綾部にいたんです。綾部から京都市へ戻ったんですけど、ふっと夜ね、脇を見たら、マクドナルドでしょ、ローソンでしょ、イオンでしょ、おい、俺はどこにいるのかなって。日本中、全部それだよ。どこに行っても同じ景色でしょ。「どうして、そこまで同じにしたいの」って。

南　その、赤瀬川さんが子どもの頃、遠足に行ったとき、歩きながら、ものすごく何でもない、つまんない景色を見てて、「このつまんない景色を、一生憶えていられるかな」って思ったんだって。「憶えておこう」って思って、憶えたっていうんです。

ずいぶん前にその話を聞いて、赤瀬川さんが危篤だって、呼ばれて行ったとき、もう人工呼吸器つけられちゃってる赤瀬川さん見ながら独り言みたいに「赤瀬川さん、今でもあの遠足のときのつまんない景色憶えてんのかなあ?」って言っちゃったんですよ。そうしたら、人工呼吸器越しにね、赤瀬川さんがニヤッて笑ったんだ。憶えてたんだって思って(笑)。「人間は何でもない景色をずっと憶えていられるのか」っていう、設問がすごいよね(笑)。

終戦のとき、玉音放送をみんなで聴いてるとき、正座して、自分も端っこのほうで聴いてるんだけど、真夏だから玄関が開いててね、その玄関越しに、誰かの自転車がぴゅって通りすぎるのが見えたって、それ、絵に描いてるんです。養老先生とは一味違うんだけど、やっぱり、同じ体験をしてる人の目ですよね。

その絵を見ることで、そこで感じるものってあるんです。それって、絵の力ですよね。言葉だったら、「これこれで」っていう説明をされて、「ああ、わかりました」ってなるんだけど、自分が子どもになって、畳に正座してるつもりになってその絵を見てるんです。みんながこうやって天皇陛下の声を聴いてなきゃいけないって思ってるときに、外を自転車に乗って走っていく人がいたよーって、いっぺんにわかるんですよ、子どものときの気分みたいなのを、そのまま。

養老　僕の子どものときの虫捕りと同じですね。

南　ああ、なるほど、そうですね。

養老　これは、僕も同じで、子どものとき、大きな社会的な価値観をいっぺん侵されたっていうか、剝奪されたっていうことと、絡んできます。

　さかのぼれば、明治の人たちも、そうだったなと思って。それも、明治維新をやった人たちじゃなくて、その下にいた子どもたち。それがみんな、北里柴三郎なり、野口英世になり、志賀潔みたいにね、あるいは豊田佐吉になり、高峰譲吉になり、鈴木梅太郎になったんです。

　近代日本を作ったのは明治維新ってみんな言うけど、必ずしもそうじゃないんです。価値観が壊れた、明治維新の「動乱」なんですよ、それ以前の世の中が崩壊して下克上の世界になってね。『方丈記』はそこで書かれたものですから。おととい見た平和な時代の、何でもない景色……、俺も憶えておこうかな。

南　あはは、何でもないつまんない景色（笑）。

有楽町で逢いましょう

南　さっき先生が仰ったようなこと、これから老人になる人にとって、すごく大事じゃないですかね。乱世と平和な時代とのこと。

養老　老後が心配って、みんな言うけどさ、ひょっとしたら、これって死ぬのと同じで、どうせ老人になるんだから、そんなこと心配する必要ないって（笑）。

南　そうですねえ（笑）。

養老　なったら、なったときのことだろうって。

南　もうなってるし（笑）。

養老　「どんどんなれ」ってなもの。

南　なったときのことって、まさにそうですね。「なったときのこと」っていうより、こないだテレビでものすごく若い男の子が、金髪のね、ホストをやっている男の子が、「老後が心配なんで、ホストで今、1億貯めようと思ってます」って言ってた（笑）。

養老　まあ、そうやって合理化してるっていう面もあるんでしょうね。「老後が心配」っていっても、彼、若いから、まだ自分が年を取るって思ってないんじゃない。日本の言説には、そういうことが多いから注意してるんですよ。世間に通るというようなことばかり、みんなが言う。

南　実際に老後になってから「老後が心配」って言えば、「みんなだって心配なんでしょ」ってことですよね（笑）。

養老　そうそう、このまえ僕よりも年上の谷川俊太郎さんに会ったんだけど、あの、面白かったの、「鉄腕アトム」ね、歌詞、谷川さんでしょ？

南　あ、そうなんですか。

養老　そうなんですよ。歌詞の中に、「ラララ」ってあるじゃないですか。「谷川さん、あのラララって、あれ、何ですか？」って聞いたら、いや、あれはね、曲が先にあって後から詞を付けたんだよ。そしたらね、字余りになっちゃって、字余りっていうか曲余りになっちゃうので、そこをラララにしたって（笑）。

南　ああ、そうなんですか。

養老　当時は珍しかったんだって。曲が先にあって、歌詞を後から作るのは。

南　中学生の頃ね、『有楽町で逢いましょう』が流行って、誰かが随筆で怒ってたんですよ。あの歌は日本語をめちゃくちゃにしてると、「あなたを待てば飴が降る」って何だ？「濡れて小糠《こぬか》と木《き》にかかる」って何だ？　ってつまりイントネーションと曲の音が合ってないっていう。「そんなのメロディが決まってんだからしょうがないじゃん」って、そのとき、中学生は思ってたんですよ。ところが最近、朝ドラの主題歌聴いてて「何だ？　何言ってんのかぜんぜんわからんぞ」って完全におじいさんになってんですよ（笑）。

養老　僕も年を取ったから、そういうものに、逆に気づかされてね。子どものときに憶えた歌、いろいろあるじゃないですか。僕なんか、軍歌をね、子どものときにしょっちゅう歌ったから、『嗚呼神風特別攻撃隊』ってあって、その中に「微笑《ほほえ》みて」っていう歌詞があって、僕ずっと、「微笑みて」っていうふうに思ってたんです。「ほほえみて」って、普通に歌ってた。そしたら、よくよく聞いていたら、「頬《ほほ》・笑みて」なんだよね。どこが違うかっていうと、「微笑む」って一個の単語と考えるか、「ほほ（頬）・笑う」というふうに見るかで、だから、「微笑む」って一個の単語として理解してたんだけど、歌を聴いていたら、なんと、「ほほ・え・みて」と歌ってるから、分けてるんだ。ああ、「頬」が「笑う」んだと思って。切り方でけっこう、歌詞の印象が違ってくるんですね。

南　先生、それ、大本営的には？

養老　どっちでもいいでしょう。大本営は（笑）。歌詞をどう読むかで、確かに歌い方が違ってくるんです。

あと一番、僕、思い違いをしていたのが、童謡でね、「夕焼け小焼けの赤とんぼ、負われて見たのはいつの日か」。こっちは年中トンボを追っかけてたから、「追っかけるんだ」と思ってる。主語がトンボになって、トンボが追われてるんだと思ってたら、そうじゃないんですね。ずいぶん年を取ってから気づいたの。

南　あはは、トンボの立場（笑）。

養老　でも歌詞は誤解していいんですよ。誤解するものなんです。歌詞って、言葉じゃないから。ブローカー野、運動性言語中枢が壊れている人で、自分で発語は一切できなくても、医者が童謡を歌うと、自分が知っている童謡だと、ついて歌えるんですよ。言葉は出ないんです。「おはようございます」って言ってくださいって、言えないんだよ。

南　へえー、面白いですねえ。そうかあ、そうなんだあ。

養老　違うんですよ。歌の歌詞はね。だから、誤解して憶えて当然なんですよ。言葉じゃないから。だから、外国語の言葉で、意味ぜんぜんわからなくても歌えるでしょう。所ジョージなんかもやってると思うよ。アメリカの賛美歌とか。そういうの、うまい人いるでしょ。

南　例えば、桑田佳祐とかが出てきたときってわざとやってる面白さがあったんだけど。そのあとの若い人がやってるのって、なんかはじめからそういうもんだと思ってやってるみたいな、ものすごくキモチワルいムリヤリな詰めこみ方で、「日本語か?」って、ほとんど有楽町のおじいさんそのもの。

養老　そうなってきた。

南　そうなってきちゃってます。

養老　おじいさんになったね。

南　おじいさんになりました（笑）。

養老孟司
提供：南伸坊

装丁　黒岩二三［Fomalhaut］
写真　髙橋勝視
扉カット　南伸坊
仙厓「老人六哥仙」より伸坊模写

養老孟司（ようろう・たけし）

1937年、神奈川県鎌倉市生まれ。東京大学名誉教授。専門は解剖学。89年『からだの見方』でサントリー学芸賞を受賞。95年東京大学医学部を退官。『唯脳論』『バカの壁』『「自分」の壁』、『解剖学個人授業』『老人の壁』（共著）、『骸骨考』など著書多数。

南伸坊（みなみ・しんぼう）

1947年、東京都生まれ。イラストレーター、装丁デザイナー、エッセイスト。赤瀬川原平氏に師事し、雑誌『ガロ』編集長を経て独立。『解剖学個人授業』（共著）『本人伝説』『本人遺産』『おじいさんになったね』『オレって老人？』『ねこはい』『老人の壁』（共著）など著書多数。

超《ちょう》老《ろう》人《じん》の壁《かべ》

印　刷　2017年3月10日

発　行　2017年3月25日

著　者　養老孟司《ようろうたけし》

南　伸坊《みなみしんぼう》

発行所　毎日新聞出版

〒102－0074

東京都千代田区九段南1－6－17　千代田会館5階

営業本部　03－6265－6941

図書第一編集部　03－6265－6745

印　刷　三松堂

製　本　大口製本

ISBN978-4-620-32435-7